云彩下的天空

弋铧 著

深圳这座新兴的国际化大都市，以海纳百川式的胸襟、巨大的包容性与强大的修复功能，让"新移民"的年轻一代拥有了创业与发展的大好平台。

中国文史出版社

子，看得清一个在录影，一个在写着红色的罚单，利索地撕了，塞在那些违规停着的车的前玻璃窗那儿。

紫罗兰笑道："你没事发什么呆？你的车不是昨晚进了小区么？是不是幸灾乐祸啊？"

巴大里恨恨地："我是想拿张弹弓，朝这些星期天也不休息的交警射上几弹……停车位根本就没有——我昨晚幸亏回来得早，抢到一个！兔死狐悲吧——不知道这词儿用在这里对不对？我也被罚过两次了……停车位那么少，基础建设根本就跟不上，就会往死里罚我们的款！"

紫罗兰早听够巴大里的抱怨。如果接上他的话茬，追根溯源，就不该搬来这个地方！原来在蛇口，他们是有自己的停车位，再晚回来，也用不着操这份心。

可是选择住这边，也是两口子一致商量同意了的，只为了巴里上学的方便。紫罗兰算得上是个好母亲，家的安排总以巴里为重。上学年在上沙读书，住校半年多，巴里瘦得厉害。巴里自小挑食，爱吃肉，也只爱吃那种红烧肉土豆烧牛肉飘香鸡翅葱爆羊肉那几款，如果没有那些他喜欢吃的菜，就只胡乱扒拉两口白饭自个儿打发了。巴里从小不馋，他宁可饿着，也不勉为其难吃他不想吃的菜来果他怎么总也不觉得饿的腹。所以，紫罗兰真的担心他的体质。这几年，对巴里的期望慢慢变小了，她这个做妈的，总觉得没有什么事儿比孩子的身体更重要了。她的名言是："钱可以少赚，成绩也别太当回事，我就这么一个孩子，将来还不知怎么在世界里闯荡呢，可得把他的身体弄好。"

也就只有紫罗兰吧，能够也愿意陪着孩子折腾，自小到现

在，巴里在哪里上学，她就往哪里搬，管它是租房还是跺跺脚买的房，她就想把巴里的一日三餐打点好。

巴里是晚间十点多回来的。回来前给妈打了两个电话，一个是晚饭时间，告知爸妈不用等他，他和同学一起在外面吃了。另一个是两小时前打的，说有点事，处理完了，马上就回来。巴大里当时还巴巴地问，要不要去接他？紫罗兰复述了他爸的请求，被巴里在电话里果断坚拒了。

是周六，自从入了国际班，功课不像原来刚升普高时那么紧张，还能消闲一整天。

巴里坐下，陪爸妈看了一下《非诚勿扰》的尾声，然后笑起来："其实我老没分出谁是谁来，现在的美女都长一个模样，可能都是去韩国找同一家医院美容过的。"

紫罗兰也笑："现在时兴这样的审美观，尖下巴，大眼睛，高颧骨，瘦高个。我记得我们像你这种年纪的时候，时兴大脸盘，宽额头，脸有点圆乎乎的，稍有点肉的那类。"她碰一下巴大里，"你记得不？那时候的美女，刘晓庆、李秀明、陈冲，也不是长相差不多的？一个时代的审美观是那样的嘛！"

巴大里不吭气，仍旧盯着屏幕，乐呵呵地看着一个屌丝般的男生，被一众女嘉宾毫不留情地灭了灯，还牙尖嘴利地被她们一顿数落和教育。

紫罗兰转头又问巴里："今天说是去看电影了？"

巴里点头："嗯，《泰坦尼克号》。"

紫罗兰吃一惊："《泰坦尼克号》？这么老的片子？"

巴里又笑："妈，你可真 out 了，这是部新的 3D 的。3D 你

懂吧？"

紫罗兰摇摇头："3D倒明白。不过，这部片子是重拍了呢？还是什么意思？小时候你看过的，你记得不？"

巴里说："小时候看过？一点印象也没了。现在这部3D的，是照老片子重新做过技术处理的，仍旧是老拷贝，就是加了技术后成的3D影像。"

巴大里终于从《非诚勿扰》扭过头来："小时候你可真够呛，带你看这部片子，前面你看着看着竟然睡着了，后来沉船开始，你困劲过了，精神头来足了，看着片子里有人倒栽葱一般地掉下船舱去，你还高兴得哇哇大叫，嘴里配着音，'咣铛、咣铛'站起来叫，电影院泪眼涟涟的观众都被你闹得不高兴，我们羞得恨不得想钻个地缝进去。你妈当时哭得只抽抽，懒得呵斥你！"

那会儿巴里确乎才三岁多，想起来带他去看《泰坦尼克号》，紫罗兰心里就有悔意涌上心头。那时她才过三十，爱情在她心里还比什么都圣洁呢！虽然对别的沉船落难者有些唏嘘，但看着杰克死去，罗丝把他推进海底的镜头，她总是泪如雨下。是的，三次！那会儿电影票还不便宜，她和同学同事去看了两场，意犹未尽，拖着巴大里和巴里又去追了一场，结果，就有这后来十多年抹不掉的尴尬记忆。

"你那会儿小，哪里知道那是场大灾难？以为人家在耍杂技呢，翻身就掉落海里，不知是撞到了螺旋桨还是被巨大的海水引力吸进去了再也出不来，你那会儿哪里懂？"

巴里还是笑，他一直有副好脾气，被妈妈宝贝一般管大的孩子，有妈宝的习性，但教养总在那儿。"现在大了，真正知道

那不过是场电影呗，还不知用了多少特技！"

想一想，跷了二郎腿："我们都说这算什么爱情片？这不就是一夜情吗？一个穷屌丝爱上一个白富美，那还不玩掉性命了吗！？"

紫罗兰呆住，半天才有点发窘地问："你们同学看了这片后，都这样说吗？"

巴里点下屏幕里开始重播的《非诚勿扰》："可不？每天这种现实版不就在电视里直接上演着真人秀么！你看哪个白富美会不灭了这些矮丑穷的灯？哪里有什么爱情！电影里女主角活到一大把年纪，不是只珍藏着她的高富帅送的价值连城的海洋之心吗？多少年来纪念的爱情，到底还是那么物质的珠宝！"

紫罗兰想想，没有吭气。巴大里笑起来，点点头："其实你说得对。但是这部片子还是讲女主角寻找她爱情的信物，那张画，最后不是留存了画，把海洋之心扔进海底了吗？"

巴里说："不管怎么说，我们一致觉得她很作！守了这么多年的宝贝，最后自己快死的时候，也不留给她孙女儿，非要把它扔进大海。搞不明白这算什么事儿！"

2．利民

帅的期中考试成绩出来了，老师比平常放学晚一会儿，数落一大堆老套的话，这才放了这些娃儿。

帅从车棚里拿车，看到姑姑还在守着车摊，现在又是一拨忙的时辰，姑姑好一会儿才歇息下来。帅望着姑姑笑。

姑姑忙从自己的大玻璃茶缸里倒些水给帅，姑姑不让帅喝

那个大白搪瓷缸里的水，那是接的自来水，是给寄存自行车的学生们免费喝的。帅接过姑姑递过来的杯子，咕咚咕咚地把茶水喝完。

姑姑说："今天回利民么？要不吃了晚饭再走吧？你姑父今天在家，做了些好吃的。有你爱吃的炖鱼。"还强调一句："两个礼拜才做一回呢！"

帅摇摇头："今天要回去，爸妈在家等着呢，您也早些回吧。"

姑姑点头，答应一句，又问："成绩出来了？你考得咋样？"

帅有点羞，还是答了："一点也不咋样，"

姑姑也笑起来，摇摇脑袋，轻轻地打一下帅："你这小子，咋就没考好过一回呢？老刘家还仗着你光宗耀祖呢！"

帅推车，扬长而去。

老刘家人口不多，就大姑小姑和爸爸。妈生了姐姐后，爸也没说啥，只闷闷地嘀咕，我们老刘家可三代单传啊。妈叹气，很容易就又怀上了，这下好，就是个小子，帅便应运而生了。听说妈三天三夜没睡好觉，兴奋极了，逮着谁来看她和刚出生的小子，就说自己的命好，有儿有女。而且照利民老人的说法，最好的就是先来闺女后来儿。妈什么都应景了。

那年是 1998 年，不知道世界上有什么大事发生。在帅的家，就算有了大的变化。家里的帅刚过了半岁，爸和妈就托嫁到县城的姑姑给找个位置，就在车站前头的小广场卖烧烤。那会儿火车站还有些车来来往往，多数是绿皮车，开得慢慢腾腾的。车站前也有些热闹，特别是夏天三伏的时候，广场前有好多卖饮食的小摊，卖冷饮的，卖绿豆汤的，卖卤煮的，还有卖凉席

给在广场等火车的行人休息用的。

爸妈支个小铁架，卖羊肉串，卖脆骨串、韭菜串，最好卖的是土豆串，利润也最高。妈在旁边削土豆，切薄薄的片儿，放在水里浸，客人要烤的时候，就现拿铁丝子串起来，交给满头大汗的爸爸，撒孜然，撒葱花儿，有的还给撒辣椒粉儿。小姑送的摇篮床挺大的，是小姑父做的，纯木头镶起来，据说是小姑父家传的手艺，整幅架子没一颗铁钉螺钉，全榫卯。小姑父说，这是他最后一件老辈人传手艺的纪念作品，此后他也不再、更也不想用心思这样做了。

帅那会儿小，天天就躺在大摇篮床上，刚会翻身，也能坐，还不大会爬，会把着脚丫子往自个儿嘴里塞。姐姐也不大，但已经会走路，能讲好多话了。妈把姐姐也放进摇篮床里，轻柔地吩咐姐姐："丫丫，带小弟弟哦，妈忙完了，给你好吃的哦。"顺手把一个小玩具就给姐姐。姐姐很听话，看着弟弟，坐在摇篮床里，不吵也不闹。

摇篮床还搭顶方蚊帐，从密密麻麻的蚊帐孔洞里，可以清楚地看到外面的世界。帅的眼里应该是墨蓝的天空，满天的星星，有时候会是清朗明晰的月亮，有时候也会有一两颗流星划过，拖条长长的尾巴。

总能闻到烧烤的香气。爸妈把烧烤架安在背风对着他们姐弟的地方，但那些浓郁的香味能飘到姐弟的鼻子里，不知道怎么，一天天地就长大了。

姑姑说他们不可能记得这些事儿，就是一岁半的姐姐，也不到记事的年纪。但无论丫丫还是帅，就是清楚地知道自己记

得，那夜里的天空，那划过流星的天空，再过了十几年后，也没觉着世间有过什么变化。

从县城又回到家里，爸出去打工了，后来妈也出去一段日子，再后来爸回来不想出去了，妈也在家里了。利民后边，二三十公里的夏县，全部被征了土地，分给那些世世代代住那边的村民好多钱，就为建个很大的肉联厂，爸在里边背猪肉，每天的钱还不算少，逢年节假日的，还有分的饺子和肉馅包子吃。妈就在家里干点农活，把亲戚家的田地包租下来了，他们反正都出去打工了。到了农忙和收割季节，妈也会雇人收玉米，租辆收割机收麦子。

帅到家的时候，天已经黑下来。爸妈在桌边，姐在帮着布碗放筷。爸问了："考得咋样？"

帅拿个馒头，夹块辣椒炒肉片，咕噜一下："不咋样啊。"

姐就在旁边扑哧地笑，他小劲地用脚踢姐的腿。

妈只好说："唉，咋老是考不好呢？"

姐插嘴："笨啊……"

帅的脚这下真踢到了姐姐的腿上，姐"哎哟"一声，用筷子头敲帅的手，那可是真疼。帅叫了一下！

后来也没再谈帅考试的事儿，这让帅舒心多了。妈和爸有更好的事情要商量，听说高架桥要过村里，已经有规划，村里开过好几次会，商量把田地征给政府，听说价钱还蛮不错的。

妈非常高兴，一边给帅随手夹块蘑菇炒肉片，一边问爸："好是好，就是有点儿担心，我们是一辈子靠土地吃饭的，如果地没了，将来怎么好？"

爸笑起来："你们就是妇道人家。靠地吃饭，吃了一辈子的穷饭！现拿到手的钱，你还怕将来真没人管咱们？那么多人都没了地呢！你看看人家夏县，啧啧，分到那手里的票子……"

妈还是挺担心："那，帅他们这辈人呢？还有，帅的孩子那辈，我孙子那辈呢，他们靠什么吃饭啊？"

爸又笑："那么多靠地吃饭的，现在都把地征给政府了，政府将来能不管咱们？能不管咱们的下一代吗？你放心好了，我是看明白了，怎么都能过日子的，操那些闲心干什么？我爸，我爷，哪辈子也没我们这辈子好，他们什么时候能进城了，什么时候能想得到可以到城里去做活儿了？什么时候敢想着去城里转着转着不回来了？以后你等着吧，到帅那一辈，肯定就有更好的事儿了！"

帅扒拉着饭，抬眼看看姐姐，姐姐在那边笑，也递着眼色看他。好像好日子就被爸妈说着了一样。那么，学习不得劲的事儿，也别太着急操心了，怎么都能过上好日子的。

帅的同桌是东关的小谢，小谢挺勤快的，有时候上课迟到，就在外边的走廊里罚站，一站一节课。帅问小谢，累不？其实，帅觉得小谢比累更闹心的是丢脸。但是小谢说，一点也不累。他前晚收了邻居的菜苗，走了好多里路赶上今天的早集，转手就卖了四五十块钱，一下赚了二十多。小谢的眼里闪着光。

帅想的是，如果将来出息了就是能挣钱的话，不读书也是照样的，好像小谢一样，先就把路走起来。

帅再看一眼小谢，小谢已经倚在教室外边的墙壁处靠着睡着了！小谢的涎水从嘴角流出来。

老师气得在一旁大叫，呜里哇啦地咆哮一气。小谢打个激灵，醒过来。不是很在乎，冲着帅微微地笑了笑，眼神挺空的，好像没看近处的事物。帅在想，小谢估计在算计着今早赚的钱，是真值了！

3．武汉

峰像往常一样，本来要回宿舍的，接到李心洁的电话，匆匆地赶赴她的约会。

心洁的学校离峰的有些远，他们约会的时候，总挑离两个人都近的地方，然后再由心洁选位置，吃饭，逛街，或者看场电影，在晚得不能再晚的时候，依依不舍地分手离去。

心洁说："想吃麻辣烫。"

峰说："好的。"

心洁说："要个微辣的就行，你不是不大喜欢吃辣的？"

峰说："好的。"

他们在武珞路后边的一家小吃店里找着了麻辣烫，看来盛名已久，店里很热闹，外面都占道铺排了七八张小桌子。峰没有问心洁怎么总能找着这些地方。现在流行"吃货"一词，心洁老是自比吃货，她一个外省人，不知怎么老能熟稔武汉这地方的小街小巷，把好多美食都介绍给了峰。

好容易排到个桌，心洁已经选好食材，毛肚、腰片、牛肉片、牛蛙肉、火腿肠、海虾，还有莲藕片、鸡腿菇、海带、豆腐干，和一些绿叶子的青菜。然后，她点两瓶啤酒，吩咐老板，要冰镇的。

峰燃支烟，想一想，问她："你要不要来一支？"

心洁是学电子商务的，高中和峰是同校。本来不是一个年级，算是峰那个县里高中的师姐，第一年没考好，读了补习班，本来也不大认识峰，至少峰是不认识她的。有次在饭堂里，心洁正在打开水，拿个暖瓶在那边候着。峰过去了，想想说："我帮你拿吧。"

心洁一点也没推托，应声好，指指自己宿舍的方向，慢慢腾腾地跟着峰回去了。路上，心洁说："我认识你，你的画得过大奖的，对不？整个学校都认识你！"

峰没有吭气，他是艺术生，已经开始到处报考艺校了。只回了句："你们宿舍楼里不是有饮水机吗？"

心洁说："我想喝热水。饮水机里的水不够烫。"又问："你们已经开始艺考了吗？"

峰点头，没说什么。他心思比较重，有点担心自己的文化课。

心洁仍旧兴高采烈的："你准备报哪里啊？"

峰摇摇头："还没想好呢，"过会儿又说，"其实想考武汉。小时候去过一趟武汉，对那边的印象挺好的。"

心洁高兴起来，没心没肺地说："我也考武汉。"

峰直直地往前走，没有搭理她。

后来就真的两个人都考到了武汉。心洁说，这是我们的缘分！

美院的男生女生大多有点打扮异类，峰也穿了耳洞，左边戴一颗耳钉，是颗小碎钻，心洁买给他的，他没问多少钱，默

默地收了。美院的男生女生也都爱晚睡，一般一觉睡到午后才起床，落了课也不在乎，他们也都爱吸烟。所以，峰就像对同学一样地对心洁，问她要不要也来一支烟？

心洁愣一下，在峰还没回过神来的时候，已经抽出峰烟盒里的一支烟，她把玩一下，嘴唇叼了烟嘴，让峰给她点火。

没像影视里第一次抽烟的女孩子有点做作地呛着，李心洁缓缓地吸一口，从嘴里把烟圈吐出来，没有成形，她笑起来，笑得非常单纯。

菜已经熟了，她挑出肉来，夹到峰的碗里，说："多吃点肉。"

峰客气一下，有点手忙脚乱的，然后呼呼噜噜地把那些好吃的滚过无数说不清道不明的作料的食材，全部消灭进肚腹里。

那天他们逛了一小会儿街，手牵着手走的，熙来攘往的行人很不耐烦地几次把他们撞散过，他们终还是牵着手不离不弃地一直走到电影院，看了那部非常流行的《泰坦尼克号》。

昏暗的影院里，心洁戴着 3D 眼镜悄悄地问峰："你原来看过没？"

峰也戴着 3D 眼镜，但仍旧盯着屏幕："看过碟片的。"

心洁的身子靠过来，软软的："好难受的，最后的结局，是吧？"

峰点点头。

心洁朝着峰歪过去。峰呆了呆，然后就势搂住心洁，隔着影院的座椅扶手，隔着放在座椅扶手中间的那碗快吃完的爆米花。

心洁说："等下到我房间去，……嗯，你得送我回去……"

峰说："好的。"

心洁小小地笑："我没在学校住了，我刚在外面租了间房子。"

峰诧异起来："为什么没在学校住呢？"

心洁说："都是快毕业的人了，大伙儿都发疯般地找工作呢，不想住学校，太多管束，在外面，做什么都顺手些。"

峰应了声："哦。"他们系里和班级也有同学这学期就出去住了，他不是没想过，但是，峰不愿再花家里的钱，助学贷款还没还清呢，听说不还完的话，学校就不给毕业证，还有的谣传连派遣证也不给的呢。

心洁家里是很宽裕的，峰知道，从上高中他俩认识的那会儿起他就知道，后来他们一起考上武汉的大学，寒假暑假的，心洁总是能买到高价的卧铺位，还是软卧。每次出来约会，如果逢着贵的餐馆，心洁总是立马掏出腰包，只有碰着吃那些街边摊，或者热干面凉面蒸饺什么的，心洁就像给峰一点面子一样，才让峰像男人一般地掏出钱来。

房间挺好的，是一幢离李心洁大学挺近的小公寓，一室一厅，还带一厨一卫。峰是有生以来第一次看到女孩子的闺房，布置得粉粉的，相当温馨和干净。

心洁开了灯，很柔和的光，打在房里很温暖，也很暧昧。峰看着墙壁上挂着的一幅心洁的艺术照，照得很漂亮，有点像那个湖南卫视的主持谢娜，但是感觉特别不真实，峰的心就被这张艺术照弄得稍微有些郁闷起来。

心洁柔声地问："你什么时候，会为我画一张画，像杰克给罗丝的那种画？"

　　峰点着头："我会的。"他的油画不错，从小到大，一路画过来，工笔、写意、水彩、水粉、木版、铜版、油画，十几年的绘画生涯，他总不能白耽误他的少年他的青春。

　　心洁换件衣服，有点微醺的香气。他记得他和她的第一次，有点尴尬，有点潦草，然而毕竟还是美满的。后来次数多了，慢慢地有点些微的厌烦。心洁倒是提过，他们要不要住在一起？峰总是以完成学业不想受打扰为由软弱地拒绝。他不是一个杀伐决断的男孩子，从来不是。到底是因为绘画给了他成长的忧郁，还是他的忧郁让他选择了他的绘画，峰自己也说不清。可是旁人说起来，盛赞的却是他的教养。

　　他拉过心洁，开始吻她。

　　心洁喃喃地说："我们要有一个好美满的爱情，不要像杰克和罗丝一样，我们一定要幸福，……"

　　峰口齿不清地嘟囔："一定的……"

第二节

1．深圳

　　巴里洗完澡的时候，紫罗兰和巴大里已经没在看电视了，爸妈的卧室房门半开着，听得到妈在里边收拾的动静。

　　巴里叫一声："妈，那我先睡了。"紫罗兰回应了一句，巴里就进自己的卧室，关了灯。

　　房间很小，只够摆一张单人床。左侧顶着墙壁，右侧留下一点可容进身的空隙，然后右侧整面就是倚着墙壁砌的大衣橱

柜。紫罗兰把衣柜都塞满了，四季的，三口人的，还有些被褥床罩什么的。有时候，紫罗兰也不敲门，就径直进来开箱柜，收拾她的东西。

巴里挺烦这样的，但他始终没吭声。

有时候他会想念蛇口的家，他在那边待了整整五年，有自己宽裕的小房间，有自己的衣柜，有自己的书桌，光线挺好的，院子也挺好的。晚间的时候就和学校的小伙伴一起玩儿，他就是那会儿学会骑单车的，都没谁认真教过他，就和院子里的小伙伴一起，三两下便悟道了，那会儿周杰伦的《头文字 D》正火，他用单车会的漂移。

后来买过几辆新车，每次丢的时候都记忆簇新。第一次是中午回家吃饭，小睡了一会儿，醒来，下楼，在车棚里怎么也找不着他的车了。他当时心很痛，唤紫罗兰帮他找，有点不相信车会丢了，总以为它被谁误会了推到自己的车棚然后发现开不了锁就原封不动地送回来的。紫罗兰气得找院子的保安，保安看着挺年轻的，有些害怕，不知怎么在眼皮底下，业主的单车就被人拎走了？紫罗兰后来发通火，也就罢了。巴里当时问她，为什么不找保安赔呢？这不是他的职责吗？紫罗兰叹口气，算了，都让他赔，他一个月工资也没几个了。巴里心里一直不甘。

后来第二次买的车，就自己注意了，每天扛着进门洞，小心地上四楼，小心地放在阳台上。但也是没骑上两三个月，和同学们疯闹的时候，在回家路上没上锁，就不见了。那趟姥姥过来，姥姥脾气挺爆的，坚决不依，直接找到学校。班主任吓倒了，请教导主任来，把那两个一同疯闹的学生的家长也请过

来，让赔了新车。那次算赢了！因为欺侮他的两个调皮学生算得到惩罚。巴里就有点佩服姥姥，心里觉得紫罗兰的软弱。他记得紫罗兰对姥姥说："妈，要闹你去闹吧。我一个学生的家长，怎么好意思和别的学生家长闹这些别扭？"他有点想不通紫罗兰的要面子，明明别的学生不对，当家长的就不能维护下自己的孩子吗？

最后买辆好车，也是紫罗兰给买的，在迪卡侬，挑了辆性能相当不错的赛车，价格好贵，紫罗兰跺跺脚买下的。这辆车，还帮巴里在组装车大赛上拿过金奖，奖品是车头的幻影车铃，据说是德国产的。后来去体育中心开运动会，老师说了，那边不是学校，没人看车的，也没人负责车的丢失。但巴里没听，中午还把车擦得锃亮，扛下去，骑了它去参加运动会。后来，就再没见过它。

那会儿他真是气疯了，找了体育中心的保安去讲理，问他为什么不负责？那保安明显横起来，还把巴里数落一顿。巴里的同学都过来帮他，那保安越发厉害，嘴里还吐着脏字，完全没把他们一众学生放在眼里，唾沫星子直喷到巴里脸上。巴里气坏了，差点想和他打起来，同学把他劝走了。他回来，不想吃饭，最后被紫罗兰逼问急了，才道："我的车，被偷了！"

紫罗兰铺天盖地地唠叨起来，嗓门挺大："不是说不让你们骑车去参加运动会吗？那你怪谁？老师怎么讲都不听？……怪保安干什么？他又不负责你的车，……你自己不对，老是把错放在人家身上……"

巴里捂紧耳朵，比讨厌那保安更讨厌自己的妈。

他后来坚决起来，紫罗兰说再给他买辆好的，巴大里也说他出钱。巴里严词拒绝了。他说："我不想再骑车了，一点没意思。每天还得给它做清洁，还怕它被偷，每天要扛它上四楼两三趟，……我觉得太累了！"他背过身去，把快滴下来的眼泪咽进眼眶里。

他也不是真烦紫罗兰，只是越来越觉得，在自己成长的过程中，妈妈对自己的埋怨，比对自己的鼓励要多多了。

他不大想告诉紫罗兰许多事了。

比方说，班上的这个紫罗兰。她和妈妈叫了一样的名字！所以，巴里其实心里面还是觉得她亲切些吧。

小紫罗兰坐在巴里的前面，斜对角，并且，像绝大多数国际班的学生一样，她住校。

她每天中午都把手机给巴里，让他带回家去给她充电。有次紫罗兰好奇地翻她的手机，笑起来："这女孩子，家里是富豪吗？"巴里把小紫罗兰的手机从妈妈手里夺过来，妈妈翻人家的信息，里面通讯录里有写成这样的：兰博基尼（爸爸司机）、玛莎拉蒂（妈妈司机）……

紫罗兰说："小姑娘家的，弄这些把戏做什么？"

巴里不懂。晚上，巴大里回来，紫罗兰才当着爸的面解释给他听："是想让人家看她手机吗？知道她家很富裕吗？有谁会这样写父母的联系方式？我们也都年轻过，没赶上这个时代，但心理上都是一样的，……"紫罗兰笑一笑，"虚荣。哪朝哪代的女孩子都有啊……"

巴里不太在意小紫罗兰的家里是什么境况，他们这个国际

班，有钱的人，实在太多了。

今天一起去莲花山对面的足球场踢了场球，赢了对方。晚上吃饭是几个同学一块儿吃的，在中心书城，本来大家想要一起吃火锅，后来巴里看见千味涮旁边有家回转寿司，因为巴大里抗日，从不沾日本或和日本有关的任何事，所以巴里没吃过寿司，提了建议，大家也都附和。后来就接了一个电话，想起来有点重色轻友吧，因为那场电影，是赴了小紫罗兰的约。

其实小紫罗兰也不是多漂亮，就像如今的高中女生一样，修了齐肩的中发，有点瘦削，把校服改小了，吊在腰上，刚刚一卡。电影看完了，他们俩也没什么感觉。小紫罗兰说："你送我回学校吧。"巴里应了，本来也是顺道回家的路。

小紫罗兰说："我妈想让我去英国，可能明年就给我办了。我爸不答应，想让我去美国的。"

巴里愣一下，小紫罗兰轻轻巧巧地解释："他们俩早离婚了。我跟我爸住，还有我后妈，他们俩还给我生个弟弟，才七岁……"

后妈？巴里想起小时候看过的童话灰姑娘的故事，后妈是让辛德瑞拉吃垃圾桶里的饭的。

小紫罗兰笑笑："她还好了，只是从不管我。问她要钱，就给。比我爸还大方。……可是，死婊子，我恨不得她死了！

巴里不知道该怎么回答她。

2．利民

学校抓得挺严，每天早读晚习的，每回还按分数来排座位，一班六十名学生，挤在走廊里，按名次顺序叫学生进来选座位，

第一名想坐哪儿坐哪儿，依次类推。成绩好的总占前两排中间的座，轮到帅，已经在倒数第一排了。帅的个头儿不高，但眼睛还好使，虽然被前面大块头的同学挡着，但坐最后一排，抄老师的讲课笔记，站起来也无妨。

老师每天教棍敲得砰砰响："你们要不努力，哪里能考上县一中？你们要考不上县一中，哪里能考上大学的？"

小谢也是最后一排，偷偷告诉帅："就是考上大学，也没啥出息。"

小谢有个亲叔在广州，也是从这个学校的初中升上去的，后来考上县一中，又考取山西一所对口电子工业部的大学，因为山西对口的电子工业部企业很少，就把他分到广州去了——那会儿读大学是有好多好处的，因为包分配呗，而且听说是家很好的单位呢！

家里以为他发达了，前赴后继地去找他，那会儿小叔还在一间两三个人的小宿舍，容下他的只有一张床。过几年小叔总算成家了，有个小单间，可是……小谢说他姑姑的孩子，也就是叔叔的外甥，想看看那边有没有什么活儿干，就留了两天。舅妈的脸吊得足有老师的教鞭那么长，吃多点肉，就摔碗子甩脸色给那表哥看。这过的什么日子？

"什么日子？你表哥吗？"帅没听明白。

"嘿。肯定是我叔的日子啊！要看自己媳妇的脸色啊！"小谢颇为不满。

帅摇着头笑，想想自己家里，爸也是要看妈的脸色的，大姑父小姑父不照样看大姑小姑的脸色？

小谢说，每回叔探亲回来，都给他们一伙子小辈忆苦思甜，说一星期就背一麻袋馒头去学校，根本没有菜来佐食，连腌咸菜都没有。所以现在的小孩子，就没有读书的狠劲了。小谢说，有时候挺烦叔叔的，他也不去和伯伯爸爸舅舅们喝酒，老在教育他们，现在连面相都不像他家的人了。爷爷奶奶的祖屋里，还把他的照片挂在墙中央，这有什么可挣脸面的？

"现在能上大学的可多了去了。"帅也嘀咕起来，有时候他想，想学的话，他应该也能上大学，他实在是学不进去啊。

和帅关系铁的，还有利民的另一个同学，叫盛辉。盛辉成绩挺好，总是第二第三，就差得第一了，每回看自己的考卷批下来，非常斤斤计较自己答错的题，会找到老师那里去评理儿。周末的时候，帅会和盛辉一起骑车回利民，每回等他和老师纠缠，从门缝里瞅着老师的脸相很不好了，盛辉还在寸土必争地要讨回一分半分的成绩。帅有时候觉得挺害臊的，像妈妈为了棵葱还和婶娘计较一样。

帅骑着车子和盛辉搭一路，两个人是并排的。帅说："李喜敏喜欢你！"

盛辉自行车的龙头扭了一下，盛辉说："你咋看出来的？"

帅说："这还不容易吗？全班都知道。李喜敏每回都挑你旁边的座位，大伙都知道，不和她争。她也就十二名，本来那位置怎么也轮不到她的。"

盛辉的脸，在慢慢落下去的日光里有点黑红黑红的："全班都知道吗？你说是不是老师也知道了？"

帅摇头，表示不知道老师是否会知道这件事。

盛辉叹一口气："我其实从不和她说话的，我压根就不喜欢和女孩子说话。"

帅点点头，表示明白，其实他也不大喜欢和女孩子说话。说多了，每回都有别的同学在边上起哄，叫："看，你媳妇儿过来了！"这样，真很丢人的。

盛辉说："我告诉你一件事儿，你可别告诉任何人。"

帅说："你说呗，你看我什么时候把你的什么事儿告诉过别人的？"

盛辉嗫嚅半天，又不说了。帅拿自行车头拱他，盛辉的车在街上就扭起来，差点扭到三级公路的大道上，一辆呼啸而来的小汽车猛地刹住，车里的司机对他们俩破口大骂。他们没敢还嘴，等车子走远，对着灰扑扑绝尘而去的汽车，才开怀大骂起来，骂得比那司机损他们的话难听百倍。

过了许久，都快到利民了，盛辉突然又提起这个话茬："你可真别告诉任何人啊！你得起个誓！"

帅已经懒得理他，但依旧感兴趣他欲说还休的事："好吧，我起誓！"

盛辉说："李喜敏，她今天把她的腿搭在我的大腿上！"

帅愣一下，哈哈大笑起来，怎么也止不住自己。盛辉非常生气。帅忙问："天哪，她搭你大腿上？有没有人看见？"

盛辉说："不知道有没同学看见。但老师肯定没看见！我紧张得一动也不敢动，全身的汗。后来，她终于把自己的腿拿下了。"

他们一直向西骑，盛辉突然停下来，朝着远方说："帅，你

知道吗，这样走下去，就能走到那座山，山上有座庙，庙里全是练功的和尚。小时候，他们一直这样告诉我，多少人想去练功夫的。"盛辉顿一下，"我要是没考上高中，没考上大学，我就往西边去，去练身功夫回来。"他稳住车头，捏紧拳，狠狠地出了两招路数。

过了村，是那道大堤，堤上遛着羊，懒洋洋地咩着，懒洋洋地躺着。堤上有点潮，头晚才落场雨，路还是湿的。羊下了好多羊粪蛋，左一垛，右一堆的。帅和盛辉都下了车，慢慢地在泥土地里推起自行车来。堤下的塘子里一点水纹也没有，静静的，塘中心有个人造的八角亭子，原来看着挺漂亮，现在已经灰头土脸了，好像一折腾就会马上倒下去似的。帅从塘边捡些石子来，朝那座亭子扔过去。石子在水面上掠过，还没到亭边，就沉下去了。

塘子原来热闹过，被盛辉家承包了，养了鱼，后来不让养，村里把这一片卖给开发商，胡乱地弄点景致，想把这片塘开发成旅游景地。塘右侧那边原来还建有一溜的饭馆，也是城里人开的，左侧还有些天鹅船水鸭自行船什么的，十块钱两个小时吧？帅还一次没上去过呢，是城里人周末休假时偷闲的场所——也是因为在北方，有水的景致实在太少了，这里就透着点稀罕。封塘捞鱼的时候，盛辉妈哭得撕心裂肺，瘫在堤上死活不肯起来，男人们们架着她回去的。后来塘里淹死了人，这片风景区就废掉了。死人的时候，大伙也过来了，死的不是村里的，村里的人消费不起那些花销。那会儿正是吃饭的当口，女人家都撂了碗筷过来，男人家捧着个大饭钵子也过来了。先是城里的

人进塘捞，后来可能觉得塘太大了，村里又有些自告奋勇下塘的汉子，围了一圈白道的警戒线被扯开，村里会水的汉子扑腾扑腾地下了塘，帅的爸也下去了，一个猛子扎进，好久才露出一个脑袋来。人后来被捞上来，死了孩子的那家哭得昏天黑地的，一村的人都围着看他们。盛辉妈也过来了，打扮得鲜鲜亮亮，笑眯眯地看着哭得死去活来的人家。那家来了好多人，打打闹闹，已经把两条船砸得稀烂。村主任在那儿干咳，慢慢地走了。那是两年前的事了，塘子废了，盛辉家也没再包上鱼塘。帅凑近闻闻，塘水是臭的。

过了堤，才觉着热。大街上没有一棵树，两边都是人家。路修起来后，人家就成了门脸，是小饭铺，小卖部，小卫生所，还有路边修车的摊子。朝西一直走下去，帅的奶奶家也有个门脸，支两张小方桌，老头老太太聚在那里打麻将。

爷爷和人家有一局。奶奶在边上笑嘻嘻地接别人递过来的钱。帅和盛辉走到奶奶边上，看爷爷推牌，和了！奶奶踮脚给帅和盛辉拿两块喜团，盛辉坚拒不要，奶奶硬塞到他手里。这时，有个胖老太太给奶奶递钱过来："手气不好，歇两天再玩儿！我去侧面解个手去！"她提着裤子蹒跚地过去。

有个瘦老头也过来了，给奶奶看他昨天烫坏的胳膊，奶奶问他要不要用药膏抹一下，他摇着脑袋瓜子，使劲地盯着帅和盛辉看，想说什么，没说出来，偏了腿，也走了。

过一会儿，听见那胖老太太大骂的声音，大伙儿都冲这边厢看，胖老太太一边系裤带一边对帅的奶奶说："听见有人稀里哗啦尿着哩，他还非要进去！？你说他是不是非要触我霉头的？

这个老货！"

帅大笑起来。

盛辉恶狠狠地在边上咬牙切齿地说："我是一定一定要离开这个鬼地方的！"

3. 武汉

寝室里一共住四个男生，现在是第三学年期末了。有好多同学都在外租房，有的是不习惯这么多人住一起，因为搞艺术的，多少有点个人空间的嗜好，但这种嗜好也得有家境的支持。另外呢，和女朋友合租的也不少，这种呢，也算有点经济来源的。

峰一直想出去住。原来在家里，一个人惯了。从小他也是妈宝来着，虽然家里未必多富裕，但爸妈姐一向疼他，将就着他。从五六岁开始习画，一路画下来，他真的爱上了这门艺术，也真觉得在夜阑人静之时，支上画板，慢慢地一笔一笔地画出自己心里的东西，是件多么美妙和享受的事情。

但现在，他其实知道家里的情况，能供他上大学已经很不容易了。妈妈倒有一份退休薪水，在县城里，也算可以过得去。但父亲没有经济来源，又好酒好烟，最近身体状况也不好，嫁出去的姐姐有时候会偷偷接济一下娘家，但也终不是长远之事。妈妈现在在给别人打短工。妈是真勤快，连帮人家做包子早点的事也决计干下来。峰哪里还敢有别的奢求？

峰一直脾气很好，在这里，大家都算外乡人。四个人里，除他一个河南的，还有山东、湖南、湖北各一个。湖北人也没

觉着这里是自己的地盘，因为武汉毕竟是省城，在大城市里，小三线城市也有憋屈感，不太有什么自满处。倒是那湖南人，一直嚣张得很，大家多少有些烦他。

他喜欢讲大话，还喜欢讲湖南的野俗。本来这倒是个好话题，听者也会有兴趣，然而，他说起来特别坚定，就像真有那嘛子事一样。比如放蛊，比如走尸。这天说到放蛊，他说如果一个男子喜欢那女子的话，就会对她下蛊，让她一生一世不离他。湖北人爱较真，有点不屑一顾："如果那男人喜欢一个风月场所的女子呢？这种事情现在很多的，比方说他进城来，看到这样一种尤物，他多少会迷情于她。那女人会不离不弃地跟着他吗？"

湖南人很生气："怎么可能喜欢那样的女子？"湖北人说："有什么不可能？下蛊要下这样的才真有劲。不然，深山老林的女子，你就不用放蛊，也会跟着你死心塌地一辈子啊。这可对放蛊的技术没一点挑战性了。"湖南人就大放厥词地骂骂咧咧，说他糟蹋了古文明古艺术，世界性的保护遗产了什么的，差点动手。湖北人也很生气，把他平时的愤慨都倒出来，两人好一通舌战。

大家都在寝室。山东人平常大约也厌倦了湖南人的性格，一直说找个机会好好捶他一下，现在机会来了。他从床上跳下来，连带吆喝一声峰，把门关了，拿床被子扑过去，裹住湖南人把他一通好揍。峰也踢几脚，以示自己的立场。湖南人哎哟几下终于老实了，告了饶。大家散开，把他解放，然后各自出门潇洒。

峰没走，还窝在宿舍，等陈立过来找他。顺带给湖南人烧点水喝，服侍他上床歇息。湖南人骂道："你们下手也真狠的！"峰这时看着他瘀青的脸，调笑了几句。

陈立准时过来，约他出去吃饭，说好带他见一个姐，挺棒的一个姐。

陈立不是他们学校的，不过离他们校区也不远，反正那片都是大学城，很容易联络。陈立学理工科的，专业是光纤传输。据说挺牛的一门科技，他是江苏人，因为仰慕武汉邮科院是中国第一条光纤拉起的地方，考到武汉来，希望将来能在光谷工作。目标明确的一个男生。

峰刚入学参加军训时认识他的。陈立当时体质不行，晒多了太阳就晕在一边，峰体质也差，跑几圈就跪在操场上，被教官踢到草地边休息，这下便互相认识。三年里，两人体质都增强了，个子也蹿高了，陈立对自己要求严，自从军训回去后，每天还坚持在大操场上跑五圈，体魄现在练得很棒。

也不算多好的朋友，但联络上后，总有往来。两人话都不多，只有一次喝点小酒后，陈立絮絮地告诉峰一些他的过往。陈立是单亲家庭，父母在他十岁时便离异，他跟着母亲。婚姻中，不光是父亲犯错在先，母亲后来的报复也让自己清白的名声扫地。陈立对两性关系过早就有了不洁的认识，他不喜欢母亲，当然也绝不可能爱自己的父亲。父亲母亲后来都各自成家，母亲从来不许他和父亲有任何接触，大约在当众扔掉父亲痴心送给陈立的一个巨大的生日蛋糕还有一双耐克球鞋一块卡西欧的手表后，父亲从此再没在陈立面前现身过。母亲后来的婚姻

也并不怎么快乐，仍旧在鸡毛蒜皮的小事中大吵特闹，现在在重组家庭中夹了个陈立，让他自己都觉得多余，只想早点逃离所谓的家。

峰认真地听着，想起当年父亲也曾让家庭差点破裂，妈妈咬着牙忍辱含羞地把家完整地守到如今。这个中的苦，妈妈从未说过，但峰一直能体会到，所以，他对自己家的定义，其实更是妈妈的存在。而且因为妈妈对父亲的原谅，也让他没有恨过父亲。他其实不太懂，妈妈的这种牺牲，是否真造就了他和姐姐的幸福？至少，比他大十岁的姐姐是风光地嫁了，每次拖着两个儿女过来的时候，都能在和睦的家庭气氛中喊着"姥姥姥爷"的日子里美满下去。

说话间到了一处小区，离他们不远，大约也就五站路的样子。当中陈立接过一条短信，马上回了，告诉峰，那个姐知道峰也要过去，给他们做了丰盛的饭菜。

那个姐住一楼，有处小院，种些爬藤植物，不过没什么存活的样子，全蔫蔫的。他们摁门铃，姐开了门，笑着迎他们进去。

陈立介绍说："这是方姐。方姐，这是我说的峰。"方姐不算特别漂亮，但装扮得挺得体，身材偏瘦。方姐身后还有位柳姐，和方姐差不多年纪，倒长得挺入眼，但眼光凌厉，把峰上下打量，让人觉得有点芒刺在背的感觉。

坐下说会儿话，也就是问他学什么专业的啊，家是哪里的啊，学业辛苦不辛苦什么的。然后开饭，一起上桌。这时候，陈立问句："方姐，我去冲个凉啊！"方姐忙应了，陈立径直朝

卫生间过去。这一下，峰的感觉突然整个儿地不好了。一桌的菜式，也不算太讲究，多是家常的，看得出来，方姐手艺不太行。但峰什么胃口也没有了。

没什么可多谈的，虽然那两个姐也还好，陈立在她们那里，好像快乐了些，言辞也比平常活泼。他好像说过柳姐是做家俬行业的，以后设计什么，还希望峰能给她来些灵感，做点参考。但峰拒绝了和柳姐交换手机号，匆匆地告辞和陈立回去。路上，他有些不高兴，问陈立："这算怎么回事？"陈立说："你说这算怎么回事？她们又不是坏人。你还是学艺术的，一点也不前卫。现在什么时代了！？"峰有点不敢相信："什么时代，也不能做这码事啊！"陈立说："你总听说过'援交'吧？"峰生气地说："我当然知道，但我没想到，你会拉我去做这种事。而且，我以为，那种是只对女生的！"陈立摇摇头："你要不愿意，就算了。这是两相情愿的事！别太上纲上线的。我们也都是穷学生，这个不存在立场的事情。我也只是想帮帮你，你说过，现在助学贷款都没着落，画画的工具颜料又那么贵！你又不希望你自己的女朋友帮你！我也不会希望我自己的女朋友来帮我，这可是尊严的问题，男人的尊严。我只是尽力想帮你一下而已！"

峰生了很大的气，也有点想不明白，一个成绩不错的，甚至前途光明的好学生，对自己要求那么高，为了教官的一句批评都可以每日不间断地跑几公里的陈立，对自己的专业那么热爱，甚至梦想以后能成为光通讯国际专家的男孩子，如何为了金钱会堕落到如此地步？

陈立也生气："我不是堕落！青春总是残酷的，总是得付出

点代价！我如果有钱，我也不会用这种法子。其实，她们人也很好的，只是支援下我们。像她们这样年纪的女人，也寂寞，她们也想重新有段鲜活的生命！"

峰回到宿舍，还被陈立的行为冲击着一脑子的浑浊的时候，学校已经派保卫处的找他们几个约谈了。

赔偿费、道歉、记过，如果态度不好，依湖南人的说法，他要求起诉！

峰和山东人、湖北人在保卫处里一直待到半夜，觉得世界的末日已经到来了！

第三节

1. 深圳

巴里当年中考没考好，紫罗兰有时候为此长吁短叹，总说自己把巴里耽误了。那年，紫罗兰得个去北京学习半年的机会，她思来想去，老说自己这辈子就这一次机会了，每天都看得出她抓耳挠腮的焦急样，后来，巴大里就同意紫罗兰过去了，当时还问巴里来着："你妈在和你妈不在一个样吧？"

巴里信誓旦旦的："我又不是小孩子了！"

然后，他确实不是小孩子，但比高考还竞争激烈的深圳中考，他到底考砸了，最后，选来择去的，进了家民办学校。

紫罗兰说："我总觉得对不起你。那么关键的时候……"

巴里倒宽慰她："我自己没较上劲呗，和你没什么关系。"

选择民办学校，是因为入的是尖子班，班上绝大部分同学

都是因为非深户，才没法进普通高中，但成绩却骄人，有的单科都是满分。巴大里想，这样对巴里的学习，也许有一定的帮助作用。

学校远，就让巴里寄宿。当时是巴大里送去的，看得出学校还是花了本钱的，修缮得特别漂亮的宿舍，四个人的带卫生间的套间，还有空调，走廊尽头是洗衣房，还有烘干机。

同学来自五湖四海。深圳到处都是来自五湖四海的人。巴大里很快就和巴里的舍友熟悉了，一个来自山东，一个是来自东北，还有一个算是本地人，来自潮州。山东的男生很皮实，见人就熟，马上和巴大里打得火热，叔叔长叔叔短的。巴大里略问他一下中考的成绩，吓了一跳，这分数，都够上四大名校的重点班了。山东生很不谦虚地说句，我基因好着哩，我爸可是复旦的。

那天紫罗兰单位里有个重大的活动，与她的升职多少有些关系，她就没在巴里的入学第一天去送他。

巴里总认为，妈妈是因为他没考上普通高中，而是去了私立学校，脸面上有点下不来。紫罗兰一直都以成绩为评定标准，所以，巴里想，妈妈可能不以他为骄傲了。后来有次和紫罗兰争吵，就把这事翻出来，巴里当时眼泪都流下来了，紫罗兰有点骇住，怎么解释自己不是这样的，但也不管用，巴里心里明镜一般。

初中最后一个学期，紫罗兰没有陪他，她说一直陪着他成长，结果在最关键的时刻，她竟然疏远了他。巴里不是那样想的，但紫罗兰老这样强调，巴里也就不和她争了。

那半年里，巴里似乎喜欢上曾光了。本来不知道这件事情的，曾光坐在他前面，有次传递老师改下来的练习簿，就那样转头对巴里说：

"巴里，你是不是暗恋我啊？你老瞧我干什么呢？"

曾光的嗓门很娇俏，但洪亮。这下，整个班都笑岔了气。巴里有点不好意思，嘟囔一句："我什么时候瞧你了？"然后，回下心来暗暗地想，好像似乎是喜欢上这个女孩子了。

怎么会喜欢上女孩子的呢？

紫罗兰有次看巴里的毕业纪念册，一个个逐个评论巴里的同学，掩在那些一样颜色一样式样的校服里的容貌和身体，紫罗兰点了曾光："哦，这个女孩子挺漂亮的！"巴里心里头那会儿特满足。

毕业后，曾光被一所南山的高中录取，成绩不算太好，也不算太差，分到的是那所南山高中的普通班。那年暑假，她约过巴里，直接去她家帮她弄电脑来着。

她家住在靠海边的一所高档小区里，父母没在，就只一个阿姨一直在厨房里忙着做菜，一点也没打扰在书房里坐着的他们。

曾光说："想好将来去干什么吗？"

巴里说："才上高中呢，还没具体打算。"

曾光说："都上高中了，怎么能没具体打算呢？"他们初中班有些学神、学霸，早就把自己规划好，当时教育集团的高中部还打那些尖子生的主意，说可以免考入校，那几个可是决定怎么样都要去四大名校的，然后，出国，读哈佛，剑桥，还有

些巴里听都没听过的世界名校。另外有一个，自小被父亲带着打高尔夫，希望能像丁俊晖一样早早成名。那小子成绩其实挺不错，但嘴里的名言是，绝不想通过中国人都希望的成功之路完成自己的一生。

巴里只好以退为进，反问曾光："那你呢？你决定做什么？"

曾光说："可能开家公司，做老板吧，像我爸我妈一样。"

巴里好奇："你爸你妈做什么的？老板很累的。"巴大里自从开了公司，每天真的是忙得晕头转向，周六也得上班，因为工人在加班，晚上九点以后才回家，也是因为九点钟工人才结束一天的活儿。紫罗兰可没少埋怨。

曾光说："我爸妈是搞货运的，很清闲，只有时候去那边对对账。今天就是到公司开什么会去了。他们平常起得很晚的，晚上老是喝茶吃饭什么的，弄到挺晚才回。"

巴里看她家的装饰，两下里比较，也能品出曾光家比自己家有钱多了。

曾光说："我是肯定要出国的。我爸妈说，不用读完高中就出去。我已经去了好些国家，最喜欢的是美国，因为怎么说都是英语国家，比较容易沟通，至少单词都看得明白。而且，那边的东西超便宜，一个麦当劳的巨无霸，才九十九美分。"

巴里也惊奇："这么便宜！"他不知道美元和人民币的兑换比率，但想当然的，也肯定比深圳的便宜多了。想起原来在老家，都是条件稍微好的家庭才能带孩子去麦当劳或者肯德基。有次听紫罗兰回来说，她们单位有个临时工，详细地问她肯德基的情况，小心地问，如果自己不吃，只让孩子享受个嘴福，

会不会被人家赶出去？

巴里说："出国就是你的打算啊？我不知道我将来怎么办。我是喜欢计算机的，不知道能不能上大学后选这个专业？"

曾光笑起来："玩游戏也叫喜欢计算机么？你可真逗！"

巴里不大想提联网游戏这件事。瘾大概也就是打联网游戏来上的，原来好像电脑自带游戏也没那么好玩，可是自从玩上了《英雄联盟》和《地下城勇士》，他确实有些控制不住自己。能给任何人说吗？考完语文后的那天中午，他和王俊峰去了那家小网吧，因为不用登记身份证，他们这种未成年人才能在里面玩个痛快。那家小网吧，也是王俊峰带他去的，有一次碰着一个妈妈过来找孩子，和老板差点打起来，……这个可没办法提了，如果紫罗兰和巴大里知道他们的被寄予厚望的宝贝儿子，在中考期间还得空去黑网吧玩网游，会不会疯掉？

那天他帮曾光重新装了电脑，程序什么的就都恢复如初了。曾光笑："你还真有两刷子呢！"

他在她家吃了晚饭，那个阿姨做的菜真不怎么样，不咸也不辣，根本没什么味道。不过他一直记得曾光给他夹了一只鸡翅，非常友好的。

后来有一次，也是为网游的事，和初中班 QQ 群里的一些人争起来了。那会儿大家都毕业了，处于空档期，话语难免有点放肆。群主，是原来的一个生活委员，威胁过他们，要把他们踢出群的。巴里没大在意，后来就又吵了一次，然后，再一看，他已经被移出那个他读了三年的班级了。

这是他少年时代最深的痛事。因为觉得中考考得不尽如人

意，又被相处了三年的同学毫不留情地抛弃。他一直隐隐作痛。

幸亏曾光单独加了他，她是他初中三年唯一的联系和记忆。

后来上了私立学校，他仍旧只和曾光来往，他没打听过原来班上任何人的情况，甚至王俊峰，……当然，后来在网游里，他和他仍旧碰上了，但在争执激烈的游戏里，他们甚至都从没顾上对那少年时代的追忆。

巴里看着巴大里和山东生、东北生还有那个潮州生交谈，像个做出来的好兄弟一般的家长。他坐在靠门边的床沿上，想着自己的青春大概是要开始了。

2. 利民：一路向西

考试又考砸了，现在科目多起来，帅觉得太麻烦。姐姐早就读不进书，跑到肉联厂里和爸妈一块儿干。当时进去的时候，厂里管得挺严的，非要看身份证。妈早就有预备的身份证，证实丫丫刚满十八岁。村里人好像大多都有两三个身份证，每次人口普查时，还有过段时间查访户籍时，都说孩子生早了，没报上户口，也有把孩子的户口报晚的，就留下一个又一个这样的身份证。帅说，现在学校里都要阳历的生日，妈说，管那些干吗，你就记住你生日是端午前两天，属虎的就行。

爸和妈都指望帅能学习好一点，当然，这是原来帅小的时候对他的期望。后来学习越来越差劲，帅也对学习越来越没兴趣。爸和妈就退了一步又一步，指望能混个初中毕业也算可以了。

但现在，帅连初中都觉得没办法毕业，他真熬不下去了。

　　本来没这个心的，应该是那天被盛辉的话语勾起来的：一路向西，就可以到那座山上，然后，磕头，拜师，学艺——武艺！帅是真喜欢看武打片，他唯一爱干的安静的事，也就是埋在一堆武侠小说里，让自己的身子在想象中驰骋武林。扬刀策马，剑舞江湖，那是多么美妙的事情！

　　今天，他被老师拎出去罚站，和小谢一道。老师吼："再这样下去，不要来上学了！拖班级的分数，丢班级的脸！"老师的薪资考核和学生的成绩是挂钩的，帅当然不想考不好，但这样没皮没脸地被训骂，还让他在大庭广众下罚站，连盛辉出出进进的都懒得理他，只叹口气，摇下脑袋。

　　帅当即冲动了，也决定了：走！他连和小谢打声招呼都没有，扬长而去。

　　守门的老头问他，帅竟然面不改色心不跳地撒谎，说是老师让他出去领什么资料。很容易的，他就出了校门。他唯一还记挂的，是写张字条托小谢带给盛辉，让盛辉这周回去的时候给爸妈说下，他弃学了，出去干大事了。是的，这是他的原话，他就是干大事去了。

　　出学校，就上大路。大路旁植了树，不过树不大，听说还是花钱从省外采购回来的种，长得笔挺，叶子却稀稀拉拉得不能遮阴，不能遮阴的叫什么树？穷摆设。帅的心情不好，走起路来挺快，有一股子气。前面设了卡，进邻县要交十元钱的公路费，帅他们从不走这条大路，是唬外乡过路车的，他们会走小路，从西关村进去，再从西关村出来，绕过收费站，就又能上大路直通市里了。所有县里的小车都这么走。

　　小路上有几辆车陷在泥淖里。昨儿才下过雨，道儿就不好走。帅站在路边看那几辆陷在泥里的小车使劲发动，便在后面帮着使了点劲，推半天，才出了一个泥陷地。司机下车来，不敢再往前开，前路漫漫的，省了十块钱，全是泥陷塌地。

　　帅叫唤他们："往南边拐过去，有条石桥，转过石桥，就能弯上大路了。"

　　司机看着帅："你是这村的？"

　　帅摇摇头："我常这样走的。我住利民。"

　　司机又看看车里的人，说："你坐旁边来，给指条道。你回县上不？我捎你一段？"

　　车里的人咕噜："你捎什么客？我们要一径回县上呢！"

　　司机撇撇嘴："又不用你们费钱的。不过一个孩子！"他用手指头勾勾帅。帅犹豫一下，坐到副驾驶位上。

　　县上跑出租的都是这种绿蛤蟆，小车统一漆了绿色，不打表，上车的时候就说好价码，跑到利民也就十块钱。

　　车子摇摇晃晃地往南边拐，离大道十多米的地方，就见一条很长的石桥，笔直地往里伸去。旁边的杂草有些多，如果不注意看，谁也不会知晓这里还有条道。石桥路并不平整，坑坑洼洼，但比起泥路来，路况要好得多。司机开了一截，叫一声："他妈的！"把车停下。一道横杆挡在石桥上。

　　不是收费的，是个小摊铺，有两个戴着草帽的中年男人卖杂货，瓜子、薯干、矿泉水，水果之类的。司机问："你们挡了道了！"

　　中年男人说："这是我们修的路。兄弟，修路也花了不少钱，

不要你们买路费，买点我们的东西就行了。"

司机又骂："他妈的！拿包瓜子！多少钱？"

另一个中年男人递过来："两块五！"

司机叫起来："这包瓜子在县里也就卖五毛！"

中年男人笑起来："是的。所有东西只比别人摊上贵两块哩。兄弟，总比走收费站便宜多了！"

司机问后面的乘客："这钱你们摊一半吧？"

后面的女人扭过脸，半天才哼一句："出来的时候都说好价钱了，你耽误我多久时间我都没和你计较的！"

司机说："不是因为道不好走嘛。你也看见的，车都陷泥里去了。"

乘客再不吭气。后面跟着的两辆绿蛤蟆不停地按着喇叭。

帅摸摸口袋，拿出两块钱来："叔，我来出这钱吧。"

司机看看帅，笑起来："好小子，有你的。"他掏出两块五递给中年男人，把瓜子放到帅手上："哪有这种事？让你出钱的？！这包瓜子算我送给你的，小老弟，以后做个朋友。"

后面的乘客笑起来："小老弟，你是不是托儿呀？"

帅扭过头，狠狠地瞪他们一眼。

后面的乘客把前阵臭了的脸弄出香来，凑着司机说："去公路局告他们呗。哪有私收路费的？"

司机摇摇头："有什么可告的。人家聪明着哩，没说是过路费，只卖点贵的小东西，谁能管得着？好好的一条公路，偏弄出个收费站来！光天化日地赚我们的钱，哪个又能告他们？小村里修条道，给了钱能过路就罢了。"

　　眼见着县城到了。司机送走乘客，问帅："你住哪块儿的？再捎一段你？"

　　帅摇摇头，下了车。

　　往西，一直往西。

　　帅的喉咙很干。出来的时候太急了，他都没顾上喝口水。口袋里有妈给的壹佰元钱（这一个月的伙食费和零用钱，还包括学校的资料费）和一些零的纸币和硬币，帅咽口唾沫，看见街上有卖冰棍和可乐的，帅攥紧口袋，汗渗渗的手，浸出水来，却始终没有把钱拿出来。

　　这一天算好的，买点白馒头，到一家店面要些白水喝，还看了许多热闹。

　　有座三层的老房子，因为路面要拓宽，挡了道，房主不愿拆老房子，雇了工人把整座楼挪开去。帅看见他们把地面挖深了，露出老房子的地基，沿着地基的深度，往房后挖了一样深的大坑。房子四面都绑着很粗的棕绳，一直绑到地基那里，四面墙又围四根很粗很粗的木头，像抬座巨大的棺木一样，那些吭哧吭哧的工人们，鼓着劲把这座三层的房子整个儿地要往后挪三米呢！

　　帅觉得很新奇，从没见过这种稀罕事，旁边好多人也觉得新鲜。那白给他水喝的人家说，那是他们村主任的房子，据说村主任家真把钱全砌在墙里呢！那个村主任听说在路边开了家野味店，可怎么能有那么多钱的进项？帅有点不大信，心里想："钱咋能砌到墙里的？烂了可咋办？"

　　对面还在闹腾，整座房子已经开始移动，工人们嘿哟嘿哟

的，移得有点慢，像蜗牛一般。帅又站在那里看一会儿，觉得新鲜劲过去了，没什么意思，便慢慢地走了。

还是碰上了熟人，帅认出那男人，是县上的，可他没认出帅来。那男人已经有些老，人不像原来那般壮实，身板倒还直，帅看得见他胡茬上有星星的白点。他趿一双拖鞋，脚丫子有些黑，他弯下腰来，因为一辆过路的车绝尘而去，把他随身带着的小狗给轧死了，他发疯似的跳着脚骂那辆远去的车，俯下身来，把小狗摸几下，就像小孩子的妈妈，给受了惊吓的小孩子一点安慰一样。帅的爸爸认识他，帅的姑父也认识他，和他一起喝过好几回酒。帅的爸说那男人年轻的时候可厉害着哩，是县上的一霸，多少年前差点被什么严打给逮进去了，差点剃光脑袋给推到榆树沟枪毙了——榆树沟是枪毙罪犯的刑场，离村里县里都有些远，是荒凉的地界，没什么人家，早先还说有狼来着。帅有一次差点和同伴就走到榆树沟了，那一回也是枪毙好几个人，帅他们都想看别人的脑袋瓜子是怎样开的花，结果半道上碰到帅的爸盛辉的爸那一伙，他们说刑场好像改了，他们等了好久也没见着持枪荷弹的武警，也没听见呼啸而响的警车。帅被爸拎着耳朵拽回来。

帅不喜欢他。妈骂爸的时候，就比方他："你就闹腾吧，你看陈建华年轻时多拽，以为这辈子都那样，现在老了，知道了吧？连女人都没在身边守着他的。"陈建华好喝酒好抽烟好赌牌，还有好多小孩子不好意思说出口的"好"来，就是黑社会那档人爱干的事。

陈建华问他："你咋坐这儿哩？你咋不回家？恁大的孩子，

怎么在路上晃！？"

这是今天碰到的第一个觉得帅不该独个儿在路上晃的人。帅低头，不想搭他的话。

3. 武汉

李心洁这个秋天已经到一家很大的家具企业报到，她是毕业季招工时应聘进去的，还作为特殊人才引进，待遇很不错。

心洁请峰去一家西式餐厅，作为告别父母资助终于独立人生的开始而庆贺。心洁说，武汉其实还是有很多机会的，在这边待了四年，我已经喜欢这个地方了。你现在也开始留意机会，我也帮你留意下？

峰用餐刀慢慢切那款丁字牛排。他不置可否。上学期末的处分多少打击了他，因为湖南同学对他的免予追究，学校的处分说是不留档案，给了峰极宽的处理力度。而这些，全是用赔偿换来的。心洁连价码都没砍，立刻给湖南人五千元，希望了结这桩官司。

心洁怨他，你傻啊，你什么人，跟他们混？你和湖南人有仇吗？犯得着去共罪？真有你的！

峰一直听心洁在旁边唠叨，不想吭气，很怕妈妈知道会难过。他自小是个好孩子，至少算是个好孩子吧？为什么去惹这种祸？

心洁看看不吭气的他，只好偃旗息鼓。没事了，我替你解决掉，不用担心了。只要档案不留底，对将来的前程并无大碍的。

峰只说，我会还你的！

心洁顿一下，小声地说，你何必老这么客气，弄得我都觉得你不一定真爱我，只是为了还我情。你不是这样的，是吧？

峰小小地摇头，没看心洁。

现在，心洁又留在武汉，在一家前途光明的企业里做着一份前途光明也是她自己喜欢的工作。

你家就你这一个独闺女，你爸你妈不说你啊？峰咽下一块牛排，混着柠檬水灌下。

心洁把自己的那份分一半给峰。我吃不完这么多的，还得要身材呢。她很容易就把那属于自己的美味给了峰。我爸我妈也生气，说女大不中留吧。不过，武汉毕竟是大城市，总比回河南好，总比商丘有发展。你说呢？你难道还会回商丘吗？还会回御城吗？

李心洁和峰都是河南商丘的，但心洁自打出生就是商丘市里的，峰却属于商丘的一个支县。两个人家里隔得也不算太远，二级公路上跑一趟，最多四十分钟。峰是考到商丘高中才认识心洁的。不过当时他们不是一个年级，心洁高一级，是师姐，艺考时却是跟的同一门老师，这下才认识。

两人彼此都算初恋，心洁主动，比较莽撞，但到底得到了这个心仪男生的确定。峰性子慢，像他画画的风格，一笔一笔地描，心洁主动示爱后，他说不清楚是喜欢还是不喜欢，只是不讨厌。心洁把峰约在春天的郊道上，那是商丘四季里最美的时光，一路桃红柳绿梨花白。心洁问，我是真心的没治地喜欢上你了，你呢？……这样吧，摇头就是不同意，点头就是同

意。……你磨叽什么呢？你点个头不就算了。

峰点了头。恋爱关系就在心洁得到武汉的大学录取通知书后确定的。心洁走在阳光里，是商丘丰收的季节，桃熟了，梨熟了，还有柿子马上也要下来了。心洁说，你一定要考到武汉来，我等着你。

武汉是峰给心洁描绘的城市。很小的时候，他和妈妈来过一趟，那时妈妈有个表弟在这儿，表舅对他特别好，给他在武汉的大商场里买了套很贵很漂亮的衣服，峰记得他在商场里当场就换上这套新装。表舅带着他坐公车，一上来，武汉公车里的人都转眼看着峰，有几个就说："你看这伢，长得好灵醒啊！"峰不大懂武汉话，表舅笑笑地告诉他，他们是在夸他呢，用了武汉形容人帅的最美好的词。从此以后，他就因为这，喜欢上武汉，一心想去武汉上大学。可是表舅早不在武汉了，表舅已经挪到深圳发展去了。妈妈一直不明白，为什么峰还是想去武汉上大学？

千折百转的，他终于来到武汉。武汉早已不是他小时候记忆中的样子，但他还是喜欢它，有点被人认同的某种亲切感。

李心洁说，因为你，我也喜欢武汉了，也能吃大米了。心洁是地道的北方姑娘，开始吃大米怎么都不习惯，现在好了，一日三餐都可吃大米果腹。

峰也想过自己的将来，不知道武汉是不是他最后的归宿？他不想回河南。即使妈妈在那边，他也不想再回去。好不容易考大学出来，不就是为着离开家乡的？他是打死也不想回去了。

心洁和他回到自己租的那套小间，缠绵过后，心洁希望他

当晚留下来。峰想想，仍旧拒绝了。他不太想和心洁就这样同居，他其实害怕这种过早的两人世界。有时候，他真的只是想安静，安静地想想画画的事情。就是这么简单。

这天回去晚，路本来有些偏，峰心里略有些害怕。湖南人装神弄鬼说那些弄蛊赶尸的事，人家不信，峰却多少有点偏信之。

有年高中放暑假，师兄他们一起租住在一所小院里，专给人操笔画画。有晚师兄们没回来，他和别的同学聚会一场，喝点小酒，那天正好他不舒服，有点热感，后来他独自回来，到了住处，倒头睡去。半夜听到有人哭泣，他醒了，只听声音，不见人。他借着酒劲问是谁，没人回答，但啜泣声依旧，好像是个女人。他循声过去，见院子里有个穿白衣的女人一直蒙脸在哭。那晚是上弦月，淡淡的月光穿过浓密的树荫洒过来。峰问，你是谁？你怎么了？那女子一直蒙着头，不抬起来，只轻轻地摇着脑袋，带着妩媚的身影款款地摆动。峰靠过去，慢慢地向她移去，却怎么也够不着她。身影慢慢地浅了，然后在某朵乌云遮蔽月牙儿后，她已经没了影像。

峰这时候惊醒过来，人还在床上，手压在胸口，宿醉后的头痛侵扰着他，热流感的痛楚折磨着他。他一身冷汗，把所有的灯都打开，掀亮，孤寂寂的白光照在整所院里，越发显得清冷可怕。妈后来帮他驱邪，找位仙婆招魂，让他临睡时把剪刀放在枕头下，这样过一段，他的病就好利索了。

后来问师兄，师兄说打听过了，那栋小院确实死过一个自杀的女人，难怪租金这么便宜。从此峰落下毛病，自己不敢独

自睡觉。这话又不能传开去，怕伤男子汉的尊严。

峰总记得仙婆抚着他的额头说，你是个有灵性的孩子，所以可以见到异象。你是开了天眼的人，将来必是有造化的。

他一直在想自己的造化，哪一天可以出人头地？

妈妈说，怀他的时候，梦见过一条黄色的巨蟒，蹿直身子有一栋楼那么高。当时妈妈怀他的时候已近高龄产妇，仍旧不屈不挠地一定要生下他。他想象得到妈妈当时几近崩溃的决定，那会儿和爸爸闹得惊天骇地，根本不知明日还有没有过下去的希望。可是他一诞下，就成了妈妈全部的希望！

峰自幼身体不好，妈妈对他非常娇惯，一点一点喂大，比当年对姐姐还细心，像女儿般的百般呵护。姐姐因为长他十岁，又是半个母亲，对他格外疼惜。所以养成他多少有点细腻的个性。

他自小喜静不喜动，也许是身体的原因，一直画画，画到如今。他有绘画的天分，所以才能大大小小得到那么多奖项。可是，如果真成了画家，也许只是画匠，在这个现实的社会里，他恐怕连自己也养活不起了！

他低着头，壮着胆，走向返校的路程。还有一年的时间，他将踏上社会，人生真正的旅途，他真的要谨慎些，他会何去何从？

仙婆还有话：你和他们不一样……

外面是一帮生龙活虎的流着汗打着篮球或者去河道里游完泳的男孩子们，峰的那些同伴们。

……你，你会颠倒众生的……

第四节

1．深圳

紫罗兰下定决心让巴里离开那所民办学校。

她开完一次家长会，据她说，相当不开心。

首先是家长的素质。——这都是紫罗兰的原话：她按巴里的位置坐在教室第三排（后来她承认这个位置她是付了钱的，因为有次她去巴里的学校，和巴里的班主任谈了大约半小时的话，然后她小心地掏出包里的一张天虹购物卡，价值两千元，飞快地递给班主任，班主任没有推却，近乎肆无忌惮地收下。第二天，把巴里从教室的倒数第二排调到了正中的第三排。）。

家长会有些叽叽喳喳，紫罗兰从家长的着装上判定他们的阶层，鱼龙混杂，但龙是极少数，大多是鱼，而且是相当普通的罗非鱼。巴里的左侧是一个女生的家长，拿着发下来的练习册和一叠卷子，兴致盎然地问紫罗兰的孩子考得怎么样。紫罗兰当时相当不高兴，因为巴里的成绩大多在七十分以下，紫罗兰瞟瞟这位目视有些得意的家长，看她露在外面的孩子的分数。晕，才六十三分。紫罗兰一下子就烦了：这是一位及格万岁的家长！后来在数学老师讲话时，有一位家长，据巴里说，应该是那个东北舍友的妈，火急火燎地从正门堂而皇之地闯进来，这种年纪，穿件无袖的大花连衣裙，右胳膊上浓黑地文了只振翅欲飞的蝴蝶。再然后，物理老师才讲一半，有位男家长便起身告辞。你走就悄没声地从后门走吧，他不，他大大咧咧地起来，通告天下般地，老师，我得下去开小儿子的家长会了，现

在就得走。

紫罗兰说：无论如何，你得离开这所学校。从家长的素质就看出学生的素质，你不能在成长期这样混下去。

巴里说，怎么了？我同学都还好啊。

他没告诉紫罗兰，他初中部的那帮人把他已经踢出了群。他们个个成绩优秀，独生子女，父母一般都是在事业单位或者招商局边防所工作，不是武大毕业就是中大的高才生，是建设深圳的第一批知识分子先行军。然而，不管他们有多么好的家世或教养，他们把他仍旧踢出了群！他不想说，那些人根本就不认同他！

紫罗兰说，条条道路通罗马。你还是走出国留学这条路吧，这样，才不至于淹没成一个底层。

巴里没什么说的，他一点也不想出国，主要是因为英文不太好，但是，他听从了父母的安排。能怎么办？

那段时间，紫罗兰加紧办转学，加紧租了学校旁边的房子。因为初三半个最重要学期，她自认对巴里的耽搁，她把自己纯粹的母性发挥到了极致。我怎么也得帮你一把！这是她当时的口头禅。

好吧，就进了这所外国语学校的国际部。

开始，也还好。因为巴大里和紫罗兰让他重读了高一，为了把英语和同学同步上去。他各方面的优秀开始显现出来，数学物理化学自不消说，语文也不错了，甚至英语也没原来那么让他头痛。然后，他的体育优势显出来，他比他的同班同学的体育强上好多。

他真的有些感谢周智念，哦，就是那个东北舍友，他妈妈的右胳膊上文了只飞蝴蝶的那个同学。

在原来的那所民办学校，智念逼着巴里和他一早起来跑步，他的理想是进 NBA，所以要加强体能训练。他的个子不算太高，还没过一米七五。但智念笑着说，艾尔拉才一米六五呢，还打得那么优秀！智念很能跑，每回都铆足了劲。他说他还有个妹妹，也在本校。爸妈是卖海鲜的，每天凌晨都要从布吉那边批过去，去赶各个市场早市的供应，大概早上六点就回来了，再补上结结实实的一觉。

巴里在第一堂体育课上就表现卓越，老师也赞他，挺能跑的，还问他想不想加入学校的体育队？末了还加一句，就是留学出去，这个也是要加到社会分数里的，国外的学校很看重这些。

但巴里想想，自己终究吃不了这个苦，婉言谢绝。老师提拔他当体育科代表。

这个外语学校的高中国际部，高一年级有两个班，因为总混在一起上课，大家也都相熟了，其实加起来也不过七十人，两年后的方向都是考到国外去。

巴里认识了两个特别谈得来的男生，一个叫尼古拉斯，一个叫乔治。

尼古拉斯和乔治都比较壮实，拿紫罗兰的话来说，可能是垃圾食品吃多了。不过尼古拉斯个子略矮，乔治个头比巴里却还高。

他们的谈得来，最主要的是玩一种同类的游戏，英雄联盟。

两个人都加入了巴里的战队里，每天谈得最起劲的就是那些战术。

学校要求严格，虽然有电脑，但不允许上网。那时候 WIFI 还没普及，智能手机也没开始。尼古拉斯是住校生，中午都不得离开学校，所以想出来玩网吧的网游，就得每天从后墙那边翻过来，这样每天中午的"锻炼"，使得他在高一结束时，掉了三十多斤的肉，让他老爸老妈都摸不着头脑。

紫罗兰也不知道巴里的事情。她中午回不来，请了阿姨专门给巴里做中饭，巴里吃完就说去学校，阿姨一直以为巴里的学校抓得紧，和紫罗兰一样蒙在鼓里，不晓得巴里其实在网吧里每天疯狂一中午。

后来就有了那场差点打起来的架。

有天中午，巴里被自己班上的一群仔拦在通往嘉旺茶餐厅的那条巷道里。

为首的是叫本的一个男生，家里超有钱，户籍早不是中国人，已经入了加拿大籍，爸妈全移民在那边安家落户，让他和姥爷姥姥先在这边，读完高中，拿到 Offer，就直接去加拿大。

巴里有些害怕的，毕竟五六个男生上来，他根本不是对手。再说，从小到大，他还真没和哪个人认真打过架，顶多你撞我一腿，我碰你一拳。

本说，知道你哪儿让人看不上吗？

巴里不作声，脑袋思考如何突出重围。

本说，你害得我死了一次又一次！本说的是上周他们一起打过一场英雄联盟，他们组队，但那天巴里没有发挥好，在战

场上和对手骂架，碰到一个歪角，把巴里骂得眼冒金星，手指只顾着回骂，结果被对方打得一塌糊涂，连累到队友，全部阵亡。

巴里没带书包，深圳的小巷道里也非常干净，他左右看着，不知道该选什么武器来防备敌人，还能保护自己。曾经紫罗兰让他学过好多东西，绘画、围棋、羽毛球，还有跆拳道，他还真得过不少奖。现在，有些后悔当时只练到跆拳道的蓝带。他静了静，努力回想教练当时教的那些招数。

有个个子小一点的男孩子轻推他一下，巴里不认识他，不知道是不是学校的学生。他反身侧踢一下，倒奇怪自己也很轻巧地转身，又火速回复到准备状态，那男孩子倒地了，"哎哟"两声。

这会儿走来两个中年人，在聊着什么，从小巷道里穿过来。一个胖点的有点急速地想走开，另一个瘦点的站住了，扶起那个不知天高地厚的倒地的男孩子，朝他们吼："都还穿着校服呢，想成烂仔吗？不去打小日本，去打自己同胞了！"

本看着巴里，恨恨地说一句："好吧，以后再说！"他们几个便跑了。

乔治最先知道这事儿，和尼古拉斯商议，问巴里要不要约架？不然，就不知道他们的厉害！

听说本在高一部现在闹得挺牛哄哄的，想当老大，已经把另一个成绩最好的男生给削了，预备在高一部称王称霸。

巴里想想，拒绝了。他说："我们在游戏里把他干掉吧！以实力服他！看他还敢不敢嚣张！"尼古拉斯和乔治都同意，练习

一两个礼拜，约了某个周末。紫罗兰当然不知道，还以为那天学校真补课来着，不承想，巴里就在离家两百米外的一个网吧里，赢得本落花流水屁滚尿流，从此再没那种煞气。

他后来还是和本交好了。总是两年的同学，在学校欢送他们走的那晚上，他还和本拥抱呢。当然，那是两年后的事情了。

2. 向西，再向西

帅已经走了三天两夜。他的兜里还是那些钱，他不敢花钱，他怕还没到地方，就没钱了，那可如何是好？而且，他心里还约略有一点想法，也许，他还是转回去的好。如果转回去，他就不这样走了，他直接上辆随手招，他要舒舒服服地回家。

昨天夜里，帅经过一片果园，他不是很想吃水果，现在还没到苹果成熟的时节，他就是想找个地方歇息下。果园有片缺角的土墙，帅想想，就从那边跳进去。差点被狗咬死！他知道看园狗有多厉害，蹲下身子，拿着就近抓到的一块破砖头，和那两条狗对峙。是个老太太把狗呵斥下去的，看帅孩子样，便没好气，说帅不学好，想偷苹果吃。帅辩解说自己根本不是小偷，就是和家里闹别扭，跑出来气气爸妈的。说这话的时候，老太太已经把他引进自己的那处看园棚，里面还坐着一位吊着脸的干瘦老头儿，可能也以为帅是偷儿，一点也没好言语对他。帅把自己离家出走的事又说一遍，这次索性讲明自己的村，也讲明爸妈的名字，他想也许老头老太太会和家里联系，如果大家把他拽回去，他这样的出走就不会让家里愤怒，也回去得有些脸面——他是真有点不想再往下走了，特别是吃着老太太给

他热的那点剩糊糊，他的眼泪差点掉出来，第一次对自己的决心开始动摇了。

那天夜里，帅没有睡瓷实，后夜里，听到窸窸窣窣的声响，开始以为是偷苹果的，想这些偷儿真囫囵，也不看看苹果现在还在哪里呢？老头那会儿不在躺椅里，也不在棚子里，老太太早回家去了，帅浑身一激灵，下了老太太给他安置的那条竹榻，两条狗已经慢慢地爬起来，朝丢进园子里的什么东西过去。帅想到原来声响是这丢在地上的东西，过去看看是什么，后背就被人顶一下，嘴也被什么东西捂住，帅摔个大马哈。嘴还是被捂住，身子被人往后拖几步，帅觉得很痛，皮肤和碎泥地摩擦得生疼。有人小声地说："是个小孩子！"两个人在月光下傻傻地瞅着帅笑，解释就是嘴馋了，想捞点狗肉吃。帅瞪着眼睛躺在地上。那两个人也眼瞪着帅，看着旁边咻咻哼气的两条狗，尾巴开始夹紧。当中一个拍一下他的同伴，他们俩一猫身跑掉了。

帅在黑夜里发一会儿呆，帅觉得不能就这样放过这两个人，也不知为什么，是没睡醒还是太亢奋，平常那么胆小的帅，这几天弄成个野孩子，胆儿变大了，顺着他们的方向，也跑过去。

过了果园，是一片玉米地。现在还没接种呢，青青的秆笔直地挺立着。再往前，是一道堤，过了堤，就有点荒凉，树也没有，野草也没有，满地上都是汽车轧出来的干黄的轱辘印。顺着轱辘印走下去，就是那几座荒芜的山。帅说的荒芜是指没草没树没绿色的荒，在他们那里，这种地方越来越多见。但是却有人烟，而且好像是很热闹的人烟。那两个人就这样成了小

黑点子，隐在山里头。

帅慢慢地走过去。也许是个土匪窝？心里有点害怕，心里也有点兴奋。

山窝里搭了几座石板房。石板房外还扯了几条绳子，晒着被单衣服什么的。帅就是看见被单衣服，胆儿才越来越大的。有衣服被单的地方总让他想起奶奶妈妈和姑姑她们来。这大半夜的，真有个女人出来了，很诧异地看着帅，里边好像有个男人在说什么，让她什么日子再过来，他那天发薪水。女人没理那房里的男人，女人把帅带进另一间屋里，这屋很小，光秃秃的，除了一张床，几乎没什么摆设，女人小声地叹口气，女人搜摸半天，没找着什么，只好给帅一片口香糖。帅躺在她的床上，和她挤在一块儿睡着了。

真是太累了。帅睡下后什么都不知道了。

是被嘈杂的声音弄醒的，也是被明亮的太阳光给照醒的。嘈杂的声音是从山那边传过来的。人声，金属摩擦的声音，还有机器和车子的声音。山已经弄得坑坑洼洼，一堆一堆的人在太阳底下干着什么活儿，他们有的穿着破旧的汗衫，有的光膀子，露出黝黑而瘦弱的身体来。帅走到三个扎堆的人那里，看他们从山土里一点点地过筛，手上拿着个圆柱形的灰器具，在山土中使劲地摩挲。山土中有些黑色的东西黏附在上面，他们就把黏附的东西小心地放进自己身边的一个铝桶里。帅找个地方坐下来，没人搭理他，大家都挺忙的，原来是在这片被某个大老板买下的山头淘铁来着。帅看到一个和他差不多大小的男孩，那孩子也在山土里淘铁。原来那灰黑的器具是吸铁石，在

山土里一扒溜，就有铁渣附在上面了。把铁渣撸下来，合在一起过个秤收给工头，当天就算给你工钱。

那天帅吃到三个枣馍，半根蒜肠，一肚子的白菜粉丝拌辣子后，他突然很想家了。他不确定家里知道他出走了没有，他不知道那个果园的老头老太太会不会告诉爸妈他已经走到这边来了，他不知道家里知道他出走后乱成什么样。

他忽然想起昨晚的女人来，她不是说她的小子也有帅这样大了？帅朝那房子努努嘴，问那和他差不多年岁的男孩子："昨晚那女的，是你妈不是？"

"哪个女的？"那孩子顺着帅的方向看一眼那片房子，突然很鄙夷地啐道："呸，她哪是我妈？她是婊子！"

旁边几个男人笑起来，表情有点捉摸不透："她？她是这儿所有人的妈！"

男孩不接他们的话，男孩和帅谈起家常来："我爹我妈都去城里打工，地都租给人家种着，我姐也到县上做活儿去了。指望我能上个好学的，我不是那块料。我就根本不想上学，花那个钱干什么？还不如早点出来做事，早点挣上钱呢。你说是不？"帅听着直掉眼泪。

男孩看帅一眼，哼一下："你可真够能的。眼泪像水一样。"

帅抹把眼泪，不去理他。

停会儿，男孩悄声对帅说："想看个恶心东西不？我带你去看看？"

帅问："啥恶心东西？你带我去看看。"

他把淘来的铁渣小心地放在自己的桶里，用手拎着，他对

帅解释说："可不能让别人给偷了去，我一天的工夫呢！"铁渣有点重，他的身板比帅小，看着他两手换来换去的，帅就帮他拎过来。到了一个山包那里，他要帅把铝桶放下来，他看看后面："这儿，他们是拿不去的。就放这儿吧，省得累着。"帅就把铝桶放好了。

他们翻过山包，另一片也是黄不拉叽坑坑洼洼的山土地，没有一棵树一棵草一点绿色，山像被人整个地开肠破肚一般，一片狼藉。他说："这片已经挖完了。"他仍旧往前走，带着兴奋的表情。走过一片泥坎路，他停下来，指着一个深点的凹沟说："就这儿，你看。"

有几只黑色的老鸹，踱着脚，在那条人工淘铁挖就而成的沟壑里，里面有一具小娃娃的尸身，不知道他死的时候穿了衣服没有，反正现在是光光的了。也看不出他是男是女，他的身体已经被啃噬得模糊不清。帅知道老家的规矩，死了的娃娃是不能埋进坟墓的，只能丢到野外的沟渠，任它在太阳下分解肢体，让它的游魂还没成形就烟消云散，不致干扰活着的人的世界。

男孩问帅："恶心吧？"

帅点点头，仍旧看着那具残败的尸身，帅蹲在山包上，眯着眼，很久。老鸹慢条斯理地踱着，嗅着，好在，没有野狗过来。

下山的时候，男孩叫起来，他辛苦一天淘来的铁渣桶竟然不见了。他咆哮着往工地跑去，帅也跟着他，冲过去。

铝桶歪在一边的角落里，里面的铁渣一粒未剩。已经到收

工的时候，每个人都拿着淘来的铁渣过秤算钱，没有人理他。他气得跳着脚在那儿骂，他骂的词帅听都没听过，丰富多彩，包罗万象，帅愣在那儿听他骂，看他的表演。送饭的又过来了，看帅一眼，帅也看了他一眼，帅决定不在这里混这顿饭了。帅给男孩把那歪在角落里的桶拾掇好，帅拍拍手上的土，走了。

男孩远远地问帅："你去哪儿？"

帅看着日头慢慢沉下去的地方，帅冲那儿指了指后方："回家！"帅光着脚走下去。

3. 商丘

又是寒假，还是得回家过年。

峰在寒假里其实是寂寞的，他不大想和原来的同学来往，也不大想和自家的亲戚串门。妈妈总说回来了，出去走走也不妨事。妈不怎么说别的话，但峰看着妈那双眼睛，什么深意都含在里面，就觉得一种绝望。

心洁也回到商丘，给他每天打电话。心洁一直在催，希望自己能过来看看他，也正式拜访峰的父母，但峰总在这样那样地找借口，推啊推的。心洁问，你难道觉得我特别丢你人吗？

峰这下没话说了，只好下定决心，让心洁等他消息，他先和父母讲明。

妈没说什么，觉得也还行。如果是商丘的，真是离得不远，互相也能打听到对方的底细，算能知根知底。但峰最讨厌知根知底，有点闷闷地反问妈，知道那么多底细做什么？

妈妈认真详细地打听心洁的情况，让峰给几张照片来看，

左看右看，不算太满意。说起年龄，峰瞒了岁数，只说心洁比他略大一岁，就这样，妈还是不大高兴。妈说，哪有女孩比男孩年长的呢？属相算出来，也觉不好。但峰没在意，因为他讲的心洁的年龄本来就假，所以不管妨不妨的事情。

心洁初四过来。妈张罗酒席，让姐姐给订的御城最好的酒店、包房，家里的亲戚都请过来，说是正好过年，顺带请亲戚们热闹一次。峰一看就头晕，没想到妈这么虚张声势，看她这番做派，其实对心洁是满意的，也许最打动她的，是心洁的家庭背景？

大舅二舅小姨全来了。然后，还有大舅的女儿小芸。他们俩都是属龙的，生在过年后，小芸比峰小七天，从小在一起念书，一直到高中，都是一所学校，一个年级，甚至一个班一起走过来的。后来，峰考上名校，因为是一本，县里有政策，拨给一点入学补助和奖励，而且，派队人马敲锣打鼓地到家门口，颁发奖励证书还给门廊挂上大红绸。当时小芸没考好，发过誓，她一定要复读，也要让县里敲锣打鼓在她家门口风光一次。

小芸第二年还是只上了二本，没有赢得峰那样的荣光，脸面上有点灰。其实她成绩一直比峰好，可能峰最后专攻艺考，所以有了优势。但小芸不是这样看，至少在她知道了峰考上大学的真相后，或者是在峰看来小芸应该知道他考上大学的真相后，对峰的感觉就有点优越起来，甚或有时会带那么点鄙夷的光。

妈有点癫了吗？心洁这趟来，用得着这样大张旗鼓地？还是妈总想因为心洁，能拯救点峰失去的面子？

　　心洁是家里的小车送过来的，司机一直坐在那辆别克商务车里，妈还多事地过去请了两趟，让司机进屋来坐。心洁礼貌地回拒了："姨，您别忙了，他自己会处理的，您让他进来，他倒不知怎么办了！"心洁这时候显出的气势，让峰都觉得有点陌生，虽然他认识心洁这么久，在高中，在武汉，两人相熟的日子总有六七年，但从没见心洁在学校是这种架势，而且运筹帷幄得如鱼得水，那种优越感不是一年两年就能成形的。

　　峰不讲话，偏坐一隅，只帮心洁倒杯白水。他知道心洁绝不喝那些碳酸饮料，怕长痘，怕长胖。想着妈堆在桌上一堆的小食和饮料，算是给等下过来的亲戚们解决了。

　　姐姐带着孩子过来，家里热闹些。爸有时讲两句话，妈适时地拦阻了，妈现在大概也知道爸讲话的时候是多么不合时宜。

　　心洁那天穿的修身的牛仔裤，卡腰的一件大红羽绒服，脖子上一条格子围巾，脚上一双中跟的浅口黑色皮靴。她淡淡地化了妆，不过看不出来，除了唇上的那抹红有点装扮的感觉，别的都感觉特别自然。有知识的女孩子样！而且因为上了半年班，在大公司里浸淫过一段，脱去女大学生的那种稚嫩，有些白领的感觉和味道，而且带点南方人的那种时尚。

　　峰很满意。不用和家里别的女孩子比，只一下，就先把小芸比过去了。可是介绍到小芸这儿的时候，心洁还是多少有点吃惊："哦，你也上大学的，你也在一中待过的？和峰曾经一直同着班级的？"心洁转头看着峰："怎么从没提过你的表妹？"峰尴尬地呵呵应付过去。

　　为什么要提小芸？她自小生出来，就是和他比较着过来的

吧？小芸的成绩好，总比他要好。最后一役，小芸败了。然而，峰敢说他赢了吗？他真的很怕小芸看他的眼神，一直是那种轻蔑和小瞧吧！

心洁在晚饭后走的，妈给她准备了好些礼物，临走还塞她一个红包，她们推阻纠缠一番，心洁最后说："谢谢您，阿姨！"进了车，从车窗向送她的众人挥挥手，绝尘而去。

妈叹口气，有点征询地问着她的娘家亲戚们："行吗？"

大舅妈二舅妈小姨都说好，小姨说："人家条件相当不错了。家里那么有钱！"

妈摇摇头："谁去管女孩子的家境？毕竟是女孩子！"

大舅妈说："不是独姑娘吗？将来的钱和家产肯定全是她的了。这个不用多想了。"

妈仍旧叹气："长相一般吧！脸太宽了，有点瘦。我对她长相真不满意！"

小姨和二舅妈一起说："配峰的话，是有点配不上。不过，收拾打扮一下，还是蛮不错的。毕竟是城里长大的，比我们小县城不一样，透着那股洋气劲儿！"

妈还在不满意地唉声叹气："我也在想，若她是独姑娘，那我们峰会不会成了她家的女婿啊？得帮着她家做生意的？我这儿子，这么多年，不帮着人家养活的？"

大家娘儿们又说些宽慰的话。峰不想打断长辈们的闲谈，觉得妈未免扯得太远。在他看来，他和心洁的未来未必如此明显。小芸在旁一直玩着手机，头没有抬起来。峰偷偷地看她一眼，她也是个大学生的装扮了，因为在省城读书，也时髦许多，

没有那份小县城的土气。她偶尔抬下眼，和峰的眼神碰上，峰吓得惊心动魄，忙转脸到别的地方。

他有多久没和小芸说话了？自从他觉得小芸知道他的那个真相后吧。

"马上你也要毕业了，是打算留武汉吗？你女朋友不是留武汉的吗？"小芸先开的口。

"没想那么多，太累了。"峰淡淡地说。礼貌地回问一句，"你将来会留省城吗？"

小芸摇头："再说吧，我还早着呢！"

那天夜里，峰起来作画，他一直在画一个女孩子的肖像，侧影的半身像。披肩的染过的长发，衬衫下微露的锁骨，紧抿的丰厚的唇，挺直的鼻梁，疏朗的眉毛，宽阔饱满的额头。只有眼睛，他老是在琢磨这双眼睛，他一笔一笔地勾出来，成形的，是小芸那冷静而略带寒气的眼神，充满着鄙夷和嘲讽：我知道你现在的一切是怎么得来的！他无力地画着那眼睛，噩梦般的眼神。

我一定要逃离这里，我一定不会再回到这里，离开小芸会出现的一切地方！

第二章　2013～2014

第一节

1. 深圳

寒假过后，尼古拉斯说原来掉的二三十斤肉又长回来了。巴里和乔治左看右看，没发现那多的肉在哪里。尼古拉斯说，最主要的，紫罗兰和他的妈妈联系上了，这点比较烦，而且，他妈妈想的第一件事，也是要选个房子租在学校附近，和巴里家一样，这大概是尼古拉斯他妈和紫罗兰交流后定的第一件事。

乔治的妈也有打算，想和紫罗兰联系上。有次巴里去乔治家玩，乔治家也租在学校附近，是栋老旧的多层楼，看上去挺破的。乔治妈有趟回来，正好碰到巴里，想请他在家吃饭，还问了巴里一些情况。巴里在这方面早有经验，不用乔治递什么眼色，就赶忙支吾过去，也没留紫罗兰的联系方式。乔治在他妈妈的身后给巴里竖起大拇指。

　　所以他们都反过来怪尼古拉斯，不是他自己把巴里的电话告诉了他妈，他妈怎么会打到巴里那里，紧追不放地要巴里提供紫罗兰的联系方式呢？

　　巴里烦透这些妈了。紫罗兰从巴里上小学一年级开始就交往了好几个家长，到现在都情意绵绵，巴里不胜其扰。好了，现在都高中了，紫罗兰又找着组织了。

　　他们彼此抱怨，说些过年回老家的事情，也没什么可谈的。乔治是甘肃人，比较远，所以过个年挺麻烦的。尼古拉斯是湖南人，相对近一些，但也没什么好玩的。巴里更不消说了，每回回家都像受罪。而且，他们都说老家极冷，却偏偏不见下雪，这倒是最让人郁闷的。算算压岁钱，都不是特别多，能够值得像本那样炫耀，便各自进入教室，上晚自习。

　　第二天中午吃完午饭归校，老徐挺奇怪地守在教室里，见了巴里，很严肃地请他去自己的办公室，巴里有点纳闷，看班上同学都奇怪地盯着自己。

　　老徐是班主任，教他们语文，因为巴里实际上是重读了高一年级，所以有些课上得毫不费力，考试算不错，纪律也还好。所以，巴里想不到有什么可被老徐那么严肃地请到办公室的理由。

　　办公室有两个老师，是巴里认识的代课老师，在一边闭目养神。

　　老徐开门见山："本的钱包昨晚不见了。"

　　巴里抬头看着老徐。昨晚本的钱包丢了的事，大家都知道。还原的事实是，本吃过晚饭就把手机和钱包放进课桌里，然后

出去一小会儿，后来就上晚自习，数学老师讲寒假作业的完成情况，给大家发了国外的课本资料，挺厚重的，叮嘱他们不要弄坏了，因为下一届的学生还要用这批教材的——大家都满堂"嗨、嗨"地起哄，觉得小气。数学老师说，国外的教材都是这样，比较环保，而且主要是不浪费。然后大家就很兴奋地看发下来的那些教材。

课间休息十分钟，大家离开自己的位置交流些事情。这时候本也出去了，据他说是去卫生间，然后便又上课，直到结束晚自习。本大叫起来，他包里的四百元钱不见了。

他包里目测还剩下两百元和一些零钱。据本说，他清楚地记得，自己的包里是有六百元的，本来只有一百多元的，下午在校外吃晚饭，他和几个同学一起去 ATM 取了五百块。他气极了，大家也觉得很诡异，为什么小偷只捞他四百元，不把他所有的整钱全给捞去？

大家伙儿看下热闹，各自回去。

现在，与我什么相关吗？巴里不吭声，等着老徐说话。

老徐讲半天，终于巴里弄明白了。今天学校保卫处从一早上就调监控录像，查验半天，看出当时课间休息时，巴里正好走到过本的座位那里。

巴里想想，点头，是的。因为当时有个同学叫他，说些什么话，他走到那个位置去过，前后大概不到一分钟。巴里眼睛对着老徐嘲弄而不信任的眼神，吞口唾沫，在回想教室里那些摄像头的位置。

老徐说，我给你一个机会，现在你回去自己好好想想吧。

有件事我必须告诉你，偷窃四百元钱或物是可以被定罪的，会坐牢。如果你交出来，我们学校私下里解决，就没有那么严重了。

巴里起身，问老徐，你能证明我确实偷了吗？

老徐的眼睛里冒出火来，我若没有证据，我会和你谈这些话吗？

巴里想一想，就离开老徐的办公室。

紫罗兰今天回来得早一点，看到巴里已经在家，有些诧异。巴里没怎么犹豫，把老徐的话，还有本丢钱的事，完完整整地告诉妈妈。

紫罗兰看得出相当不平静。坐下来，眼睛也这样盯着巴里，你告诉我，是你拿了人家的钱吗？

巴里也回盯着母亲，他摇摇头，你觉得我会吗？

然后，紫罗兰大概思考了十五分钟，给老徐打电话。

可能相当不顺，挂了电话后，紫罗兰静了静，根本没吃饭，就在一边发呆去了。巴里不想问，说是晚上还有晚自习，先走了。紫罗兰问句，你能证明你没拿人家的钱么？

巴里已经拉开家门，回转头，说，我没办法证明我没拿本的钱，就像老徐也不能证明我拿了本的钱。

紫罗兰说，徐老师告诉我，有录像！

巴里说，有录像，为什么不直接把我逮去？录像里他看到我拿了本的钱？

紫罗兰定了定，说，你去上课吧，先别和老师有负面情绪。我等你爸，你爸会处理好这件事的。

巴里说，好，如果我爸回来，你让他给老徐打个电话，强调一点，如果老徐不能证明是我拿的本的钱，我让他在整个学校给我道歉，赔偿我的名誉损失！巴里恶狠狠地带上门。

老徐今晚驻校，在办公室待着。巴里没怎么在晚自习上学习，他一直盯着老徐办公室的门。后来，他听到老徐的手机响了，是曲婉婷的那首《我的歌声里》，老徐接电话，开始好像还挺客气，后来嗓门高些，再后来就起身把办公室的门掩了。巴里装着要上厕所，从后门跑出去，支着耳朵躲在老徐的办公室门口听。

"……没说确认是他啊，只是我们调到当时的录像带，看到就是巴里在那个地方啊，……这个，你没有权利看我们的录像带，……那是，也确实不能说是证据，因为画面上巴里站在那个学生的座位边，大概半分多钟吧……这个，丢钱的孩子也没说准，确实不知道是什么时间段丢的……也许吧，我们也怀疑可能他在路上就丢了，……你不要这样说，我们怎么可能对未成年人诽谤呢？……校长不知道，我们是想自己处理就算了，大事化小，小事化了，……是的，巴里一直是个很好的孩子，可是，事情那么巧……我知道、我知道，这里的学生都是富裕家庭的，确实不差那几个钱，但是有些孩子保不齐……好的，好的，您不要这样说，这样的话，我这个班主任就真没办法当了，……这个，我保证，谁都不知道我们怀疑巴里的事，……是是是，绝对的，就真是哪个孩子拿的，我们也不可能大张旗鼓地宣扬，孩子还得做人了，不是吗？……"巴里真就去趟卫生间，然后回了教室。

"是不是揣着什么事了？"小紫罗兰问他。

他笑笑："其实真没什么事！"

"那你等下能请我吃手抓饼吗？还有，我要一杯芒果冰沙。"小紫罗兰说。

"可以的。"巴里答应了。这个女孩子因为和妈妈一样的名字，所以他总是对她友好些。有次乔治问，是不是小紫罗兰在追他？巴里否认了。因为小紫罗兰确实没说过，只是来往比和别的女生频繁罢了。

当心哦！乔治当时给巴里做个鬼脸。

如果小紫罗兰真像紫罗兰一样，他会喜欢她吗？

天撸的，谁会喜欢和自己妈妈一样的女孩子呢？而且，紫罗兰真像巴大里一样，对自己的孩子完全有足够的信任和把握吗？不顾一切地坚信自己的孩子吗？

他有几次，确实对紫罗兰有点失望。

2. 深圳

在邻近工业区的一座楼盘，有排周边小店，里面有帅的小姨开的一家叫"香万里"的水果店。水果店不是很大，但每天来的水果特别新鲜，因为是连锁形式的，总部每天都有小货车过来配送水果。帅来深圳后，爸妈因为帅的年龄不到法定打工年纪，只能让帅窝在小姨的店里，帮小姨看店，干些搬运的力气活儿，有时候也给买多水果的客户送外卖。爸妈都同意，小姨这边只管饭，帅晚上睡在店里照看，相当于食宿全包了，不过因为在学徒阶段，不给薪水。

这年过年后，爸妈，还有姐姐和帅，都一起南下来打工。

帅的出走把家里人吓坏了。那段碰到太多事情，爸说扛运猪肉的活儿他真干不了，实在是太重，爸个子不大，冻了的猪肉板得像块钢筋，而且冰碴碴到骨头里，非常冷。姐姐挤牛奶的手也被冻坏，每年都生出疮，一回家就奔到老黑那，忙忙地把手直接插进老黑的皮毛里。老黑是家里的老狗，跟了他们有三年，后来不知被哪个坏家伙给药倒，帅是见过给狗下药的那些馋鬼的，心里喟叹老黑的一身好肉不知进了谁的肚皮。妈妈爸爸都心疼姐姐，尤其奶奶，坚决不让丫丫再去做活儿，所以姐姐没去肉联厂干了。

帅在家里待了半年多，终日无事，上回出走闯下的祸，让一家人胆战心惊，把本来私自辍学要受的惩罚给抵掉。虽然是农村孩子，而且是贫困地区，家里吃的住的还有什么恩格尔系数之类，铁定拖国家平均水平后腿的那种。但，帅和丫丫，仍旧是家里的宝贝。合计来合计去，在深圳待了几年的小姨小姨父说这边不错，活儿也好找，四口之家便全部来到南方这块地了。

老乡在这边的不少，一来二去的一介绍，爸去一家电子厂，老乡在生产线上做焊锡，焊一个点就是两分钱，密密麻麻地焊下来，如果用心的话，一天挣七八十是不成问题的，如果是节假日——深圳这边好，节假日从来按国家规定的法则来执行，双倍三倍的薪水，那就更好了。而且，全包吃包住。妈也在那家厂里谋下活儿，给食堂做帮工。全家的吃，就更不成问题。

爸说，再熬两个月，等安定下来，就租间小屋，家里四口

人，仍旧在深圳有个团圆的整家。丫丫不吭气，她现在住一家内衣制造厂的单身宿舍里，活儿挺累，薪水也不多，但一群和她差不多大小的年轻女孩子，来自全国各地五湖四海，特别开心，她真不想再和家里人住一块儿了。小姨没说，但小姨心里可能不愿意，有时候会在帅面前叨咕：在深圳租房子，以为赚多少钱啊？有几个钱就花掉，你将来娶媳妇，你姐将来出阁，怎么都是一大笔呢！你爸你妈可真会过日子！

帅每晚窝在小店后面的楼梯间，小小的暗暗的只容下一张小板床的后房，每晚水果发酵的香气扑鼻地熏着他，不透风的潮气在黑暗中旋转裹挟着他，他辗转反侧，难受得也向往着能有自己的一处宽敞地儿。

水果店上午十点开门，帅勤快，因为虽然是小姨的店，但还是应该小姨父当着家，帅不愿意让人家觉得自己懒惰，才开门，就把水果店清扫干净，把一样样的水果也整齐地码到架子上。深圳这边真好，冬天也像春天，春天秋天也像夏天，叶子一天到晚不落，树木永远绿茸茸的，水果有特别多的种类，有些是帅从来没见过也没看到过的。黄皮、榴莲、百香、芒果，还有黑布林和牛油果。原来连听也没听说过。帅不喜欢夜里，帅喜欢忙碌的白天和傍晚，帅喜欢这些讲着一样口音却不同腔调的外省人，是的，大家都是外省人，所以说话特别和气，给人感觉非常好。

帅老给别人送水果，有时候是小区里面的，有时候就是小区外面围着的那些一栋一栋矮点的出租屋。帅听说这些一栋栋的出租屋是农民的，但这些房子一栋就值好几千万，帅当初听

到的时候吓得咂咂嘴，想一样是农民，到底不一样。

有些女孩子特别喜欢吃水果，帅认识一个做文案的，她长得特别瘦，好像拳头一握，就可以把她的腰骨拧断一样。她过段时间就会来买一些水果，不太爱还价，因为本身也不太爱说话，她吃的水果就是那几样：苹果，香蕉，圣女果。现在这个季节，她也会要点草莓或西瓜。

她住在这片农民房集中的澳港新村里，在七十九栋的七楼。她租的这家没有电梯，所以帅有时候好吃力，抱着一大捧的水果，吭哧吭哧地一步步上到七楼来。有一次女孩子没在家，是个男孩子开的门，看到帅拿的那些水果，眉头拧成一团，不高兴地嘟囔："每天都不吃饭啊？"这男孩子和那女孩子不一样，女孩子每次只开点门缝，让帅把水果放到门脚边上，点点头，把门立刻关上。这男孩子长得比帅高一个头，肩膀也比帅宽半身呢，他却挺少爷气的，也不接下水果，让帅径直把一大捧的水果放进家里来。这下，帅才看清他来过好几次房间的布局。是个小套间，乱脏脏的，那个应该叫作客厅的地方堆满了纸箱和瓶瓶罐罐，都是网购、快递送过来的泡面，还有些速食什么的。客厅的那张破旧沙发上，乱七八糟地堆些衣服，不知是干净的还是脏的，沙发前面那张应该是茶几的长条桌上，放着两个还没吃尽的泡沫饭盒。帅放下水果出来，瞥眼看到卧室里就只一张双人床，被褥乱乱地拱在一处，也不知是才睡醒没顾得上收拾，还是压根儿早起后就没拾掇过的。

临走，男孩子问他："钱都给你了吧？我是不知道钱数的啊。"

帅摇头，转身看到卧室的那扇窗户有很大的一个豁口，像张着嘴的一头大熊。

那天夜里，下了很大的雨，说是台风过来了。帅听着外面呼呼的风声，啸啸地从他耳边经过，他一个人困在密不透风的水果店里，想着那头张着嘴的大熊，不知道这一对男孩子女孩子是怎么过的。

然后，是荔枝上市的季节。深圳的荔枝真的很好吃，帅从来没吃过这么香甜的水果，小姨一再告诫他，别吃多了这种东西，因为会上火。帅不知道什么叫上火，老家没这种说法。小姨父发话，让他可着劲儿吃，说这荔枝如果吃饱吃够的话，就不存在上火了。"香万里"就有这好处，有些看着存不下来的水果，都会让自己人吃掉，帅因此吃了许多水果，但也从没因为想吃水果希望小姨的水果快烂掉而饱自己的口福。

有一天，有个打扮得很体面的女人到他们店来了，她本来只随便看看，正好送货的车过来，帅跟着一起卸货，全是才配送过来的本地荔枝。小姨忙让女人尝鲜，各种品种的都让她尝一颗，女人推却了，女人说，她只要尝一颗最好品种的就行，小姨就给她推荐刚摘的那种"桂味"，核小、肉多、汁满、水甜。

女人尝过，觉得挺好。她要了三个礼盒，声明是要寄到外地的，给挑好一些。这算是大买卖，小姨就忙她一个人，给她细细地挑了三盒，有六十来斤。女人说她要先送到公司去，就在工业区里面，然后公司会让快递过来，给安排特别包装寄送到外地。

帅刚卸完一堆堆早熟的西瓜，满脑门儿的汗。小姨就抓他

的差，让他赶紧给女人送去。女人看他一眼，有点不愿意："这么小的小孩子，哪里能让他去的？"

小姨说："哪里小？他已经干了好久的。每天都送好多次货呢！"

女人还是有点不乐意："看那样子比我儿子还小，哪里好使唤他做这事儿的！？"

帅忙说："没事啊，我这么大的西瓜，一手提两个，也给别人送过去的呢！"帅用两手比成一个怀抱。

女人答应了，一路上还和帅讲好多话，问帅是哪里的？为什么不去上学了？深圳好不好？爸妈也在深圳啊？那就好，总有个照应。

女人又问，一个月能挣多少钱呢？

帅说，我才来的，过了年才和父母一起来的，这是小姨的店，说暂时不给工资，先做着，当学徒嘛，先学点东西，反正管我吃住的。

女人有些吃惊："是亲姨吗？"

帅答道："当然是亲的，是我妈妈的亲妹子。"

女人摇摇头，没说什么。帅在路上经过七十九栋，指给女人看："我老是给那家送水果，他们没有电梯，爬上去稍微累些，不过也没事。"

女人连忙说："我们公司有电梯，你就把荔枝放到电梯边上，我可以自己拿上去。"

帅笑嘻嘻的，说，没事。

女人的公司很漂亮，装潢挺讲究。女人让帅把三盒荔枝都

放在前台那儿,前台有一个很帅的男生还有一个很漂亮的女生,看见女人,全都站起来,特别客气特别恭敬。帅心里想,这女人肯定是这家公司的一个大官。

女人给帅又摁了下去的电梯,在电梯门关上的一刹那,女人匆忙地把手上的一张钞票放进帅的手心里,帅愣了愣,还没缓过神来,电梯门已经慢悠悠地闭上,就听见女人在越来越窄的电梯口说:"你拿着买点糖吃吧,可别和你小姨说啊!"

帅低头看那张塞过来的钞票,是张伍拾圆的绿票子,帅不知为什么,眼泪差点涌出来。

帅后来每天都希望再见到那个女人,不为别的,就想谢谢她,她是帅送过货的客户里唯一给帅所谓小费的客户。

过了许久,帅有一次在店里看见那女人经过,旁边有个小伙子,提着"百果园"标志的几个礼盒。帅心里有点酸酸的,"香万里"的名气到底不如"百果园",女人可能不会再来他们这种小店买水果了。

以后也碰到过几次那个做文案的女孩子和她的男朋友,两个人讲话挺亲密,还见过他们在街上吃串串,旁边有两只空啤酒瓶,女孩端坐着,穿着雪白的拖地连衣裙,和吃串串的店面一点也不和谐,而且,她真的挺端庄的,好像一口也不吃那男孩子要的串串。

女孩子还是经常会到店里买水果,仍旧让帅每回给她送过去,不管多还是少,她几乎从来不拿水果回去,总是交完钱,让店里给安排送货。小姨挺烦她,但毕竟是客人,而且又老光顾自己的店,也不好说什么。帅再也没碰到过那个男孩子,后

来，女孩子也没再来店里光顾过。帅一直猜测他们发生了什么，是搬家了吗？还是吹了呢——就是这边所说的分手？

3．藏区—武汉

到了毕业季实习的日子。峰这个班级里，许多人选择去风景区，然后交幅毕业作品回来。有的去珠海，有的去阳朔，还有的去长三角那些宁静的地方，小桥流水，曲径通幽，像乌镇、苏州，或者周庄。

这些地方，峰认为对自己来说没什么新意，他想去远些的地方，类似穷游也行啊，想看看别人没那么习以为常的风景，或者在他看来，多少对他有点冲击力的地方。选来选去，他觉得几张宣传画里，把九寨沟的风景描述得特别漂亮，而且那些奇怪的五颜六色的水，深深打动了他。

心洁想陪他一道去，然而，峰拒绝了。绘画是孤独的旅程，他不想任何人打扰他。

跟着一队廉价的旅行团，他进了川。到达九寨沟时，可能因为是旅游季节，人实在太多，而且，票价也相当昂贵，他远远地眺望一下，忽然觉得没一点意思，便告别团队，自己独自往藏区前行。

海拔有点高，他背着包，开始力不从心。远处看见藏区的经幡，他还是坚持着往上走去。头痛欲裂，他突然发现身上的水不知扔到哪里了，远远地有辆货车过来，从他身边经过，他想想，又开始追赶货车，脚步越来越慢，胸口的心跳倒越来越快，然后，他就不省人事了。

醒来的时候，他躺在一张床上。一个很漂亮的女孩子守在他的身边。她的眼睛特别美丽，眼仁汪着的像是一片海洋，她对他说："高原反应。你不能跑的！"

峰起身，想谢她。她拦住他，给他喝一种味道很怪的东西，告诉他："你喝下这个，就会适应高原的。"峰咬着牙逼着自己喝光了。

女孩子问他："是要去布达拉宫吗？还有好远的距离呢！"

峰摇头，说自己没想去那里，就是想就近看看。峰告诉她自己是美院的，学画画，现在要毕业了，得画出一幅好的作品来，做毕业设计。

女孩子一直瞪着眼睛听着，说起他的画，似乎特别崇拜的样子。一个劲地问，你是画家吗？你是画家啊！

峰不好意思说自己是"家"，只说自己就是个画画的。女孩子仍旧惊喜，给峰洋溢着向往的笑容。

接下来几天，峰一直住在女孩子的家里。房子挺漂亮，在村里也是数得着的，是一层楼，但里面装饰着好多图画，虽然色彩热闹且缤纷，但还是显出庄严来。峰不敢造次，心里有点后悔来之前没有做太多关于藏民或藏文化的功课，怕冒犯人家，所以处处小心。村里到处是藏族文化，民俗感觉，是不一样的文化领域。女孩子让峰叫他"达娃"，峰可能叫出来有口音，达娃总是不停地笑他。这两天闲的，达娃就陪他去村子周边转转。到处都是经幡在各家院口飘荡，有些已经很陈旧，非常有历史感，但却充满沧桑。达娃教峰认识许多植物，说起来高兴了，就唱歌给峰听。她的嗓音真好，像韩红一样，高音蹿上去，一

点也不吃力，而且音域特别宽广。峰在达娃的要求下，也清了嗓子唱几句。峰其实歌唱得挺不错，特别是流行歌曲，在学校里经常表演，在卡拉 OK 厅，还是麦霸。这次他蹲在那些泥土地里，闻着那些和着牦牛和山羊粪便的泥土，裹在那些青绿的草地上，他突然静下来，遥望着远方，唱那首著名的《在那遥远的地方》："……我愿做一只小羊，跟她去放羊，我愿她拿着细细的皮鞭，不断轻轻打在我身上……"

达娃开心地看着他，说：你们每个汉人都喜欢唱这首歌。不过，你唱得最好！

峰看看她，神思游离起来，好像什么东西从他身上一一地被抽走了。他干净了，安静了，而且，如果真在这种地方，有个达娃这样的女孩子伴着自己，人生不过如此吧？

达娃真的小小地抽了他一下，把他的愣神打跑了。你过来，我再带你逛逛。

峰起来，很认真地和达娃在村里走着，他问达娃，你去过别的什么地方没有？

达娃摇着头，我哪里也没去过。我从没出过村子。

峰默默地点点头。

达娃说，外边的人不好，村里出去的人都说外边的人不好。我叔叔去成都做工，一般都租不到当地人的房子，要拿假身份证说自己是汉人，才有人租房子给他的。汉人说怕惹着我们，其实我们怕惹着他们。

峰说，其实是文化差异，相互理解就好了。好像我们，你是藏人，我是汉人，不是挺好的？而且，你们真好，如果不是

你们，我可能死在路上了。

达娃开心起来，点头说，也是。

后来两个人走到一处空旷的地方，再往前，远远看到一块石凳一样的地方。峰说，不然去那边坐坐吧？

达娃变了颜色，小声地告诉他，那是天葬台，是不能随便靠近的。

天葬台？峰又紧张又害怕。这就是人们传说中的天葬台？它那么干净、孤寂、平常，一点也不像传说中他想象的那样。天空没有秃鹫，天葬台附近也没有任何乌鸦，没有任何的生命，它孤零零地放置在那儿，平常得真像一座石凳。天空蓝得晶莹，偶有一丝稀薄的白云掠过。

峰立在那儿很久，半天回不过神来。

心洁一直在帮他联系工作，在职一年，她好像在这个行业如鱼得水，认识很多大企业，希望峰一毕业就能上手工作。

可是峰并不想留在武汉，他参加过几次招聘会，总希望到别的城市去。现在还有个棘手的问题，因为助学贷款没有还完，学校强令下来，说如果再拖的话，毕业生的派遣函就不发放了，直到拿回助学贷款为止。这让峰伤透脑筋。

峰不想告诉妈。家里现在比较困难，爸一直没工作，年轻时牛得很，把工作说丢就给丢了，到现在年纪大了，妈又托人到处给他办假手续，想把社保费续上，然后到五十五岁年纪，能领一点社保补贴。爸还那样，年纪来了，越发只顾自己，身体早不好了，却不听任何医生、家人的劝阻，依旧喝酒抽烟，

每日不断。妈宠着他，也许是男人为大惯了，自己不吃不喝，也要顾上爸的烟酒。妈前两年已经开始拿社保了，当时就把自己的银行卡给了峰，算作给峰的生活费用。峰从不敢造次，花得异常小心谨慎。妈还在给别人打下手做汤包，据说手艺不错，那家汤包店每天顾客盈门，但妈得多累啊！

姐姐嫁人后过得还算好，但姐姐毕竟是嫁出去的闺女，又有两个孩子要养，老是补贴娘家，婆家的眼色不会好看。

所以现在，峰也难。闲时帮人画的几幅画，有临摹的，有给画廊的世界名画的赝品的，有给报刊做设计的，还有给人家出书做点小插图的，就这些，也挣不下太多。而且画画是要时间精力的，不是快手作品，哪有一下子就能挣下许多的？

心洁终于还是知道了。在峰已经离开学校，帮着他到处跑单位的时候，因为拿不到毕业证和派遣函，她终于明白峰的困境了。

她拿了一万五千元，顺利地把一切都解决掉。峰低着头，看着手上那本用四年时间熬下来的光阴来证明自己才能的红本本，无法直视心洁的目光。

他是逃不脱心洁的了。可是他为什么老想着要逃脱她？

她对他不好吗？她难道不够优秀吗？他要怎么样？

峰越过心洁的视线望着远方。这座城市早被高楼大厦分割得没有可见的空间，他在想着达娃，那个纯净得像青海湖一样的姑娘。他在想着藏区的天空，那些没有利益平静得如水一般的田园生活。他想着天葬台，人的一生，最终都是同样的归宿。他的一生，要怎样走完，才能辉煌潇洒地让另一些生命，去啄

他的骨食他的肉饮他的血，把他的精神通过一代一代的生命的轮回传承下去呢？

峰摇着头，有时候觉得自己把自己太高看了。可是，他不想这么窝囊平凡地过下去啊，他曾经真的很窝囊地存在过呢！

第二节

1. 深圳

转眼暑假就到了，班上同学因为要积社会分，有好几个选择去贵州对口学校助学。老师要求踊跃报名，但无论怎么动员，两个班一起去的可能还不到十个同学。老师挺失望，说，上一届，有一半的同学都去助学了，怎么这届如此不积极？

小紫罗兰告诉巴里，别听他们瞎吹，乔安娜的哥哥就是上一届的，她哥说也是没到十个人。第一，家长不放心；第二，大多数同学对贵州的贫困学校助学活动根本不感兴趣；第三，听回来的人说，真的好辛苦，那边的学生，连课本都要共用。还怕深圳过去的学生受不了苦，每天给他们弄小灶，安排住最好的房间——可是，要怎么形容那些饭菜和住的地方呢？而且，一样是学生，却在同一个太阳下，人家看着他们吃着所谓的好菜，住着所谓的好地方，心生艳羡的表情让他们快崩溃掉。

巴里没有对巴大里和紫罗兰提这件事。巴里决计不想去那个地方，乔治和他的想法一样，他说去过甘肃爷爷家，可能贵州的环境比爷爷那边的农村还差劲，不想去受那个罪。尼古拉斯却有点蠢蠢欲动，他老是心路活泛，一会儿想去拉萨，一会

儿想去桂林看印象刘三姐——尼古拉斯喜欢音乐，不知是不是真爱好，他曾经攒了三个月的零花钱买过一把电吉他，不过始终没见他弹过。

现在的问题是，社会分要怎么样才能积累呢？

乔治说他联系了妈妈的一个朋友，可以去做两个星期的义工。尼古拉斯比他们俩略小，到现在还没想明白到底该怎么积累那些分数，摇摆不定的。

这时候，原来高中的一个舍友，潮州的李思明，还有另一宿舍的谢欢，都和巴里联系上了，想约他一起在暑假弄点钱。

谢欢说，他找了个活儿，可以到闹市发传单，一天四小时，五十元钱。老板说要他多介绍两个人过来，所以他推荐了李思明和巴里。

李思明是潮州人，本来就有商业头脑。高一读完的那年暑假，他们班集体聚会吃烧烤，李思明让班干部们不用操心任何事，他负责搞定所有的食材。后来他吭哧吭哧地骑辆小三轮车过来，好多配好料的羊肉串、腰子串、鸡翅、鸡腿、火腿肠，还有各式各样的蔬菜串。班费最后算给他，他一边数着票子，一边还摇着头说这笔生意全赔了呢。

谢欢也还行，据说屋里开了三家手机配件店，经常给同学带耳机线啊、电池啊、手机套什么的。东西挺平价，不过样式确实不错，当时在学校，他的小生意也还可以的。

李思明说，五十元忒便宜了，不够深圳的最低工资标准，他要去和老板讨价。

他们仨一起去找老板，是个年轻小伙子，不过并不算老板，

只是负责这个培训中心的宣传工作，想想，给他们六十元一天，必须发完那么大一摞传单！

巴里便和李思明、谢欢分散行动，他回南山老巢，在海岸城那边，站在那个跨街天桥边上，给来往的行人发这些。都是教育类的，针对学生，科目很齐全，数学物理化学语文英语都有，巴里曾经在那边也补过课，知道它那里收费高昂，学生们一般周六周日寒暑假都会去补课，据说深圳市教育局管得很厉害，严禁学校在节假日给学生们补课，可是班主任和所有的代课老师都提出来，让他们去这些培训机构补一下，不然就输给内地的那些苦巴苦学的学生了。

刚开始还有点害羞，很多行人过去后，才敢扭扭捏捏地递一张出去。后来李思明过来找他吃午餐，看他那个样子，把人急死，便吆喝了，而且几乎见谁就发，马上手里的传单就薄了一截。

巴里学样子，胆儿稍微大起来，也学李思明，过往的行人还算客气，递过去，看见巴里这种学生孩子，不管有没需求，一般都也顺手接了。这一天下来，就过得很快，下午过去结一天的账，马上到手六十块钱。巴里心里突然高兴得觉得前途无量起来。

李思明问过他，如果去国外，要花很多学费吧？

巴里并不清楚家里到底会花多少钱，只觉得可能会很贵，说了他认为有些贵的那个数字。倒把李思明和谢欢都吓一跳：五万！？

李思明想想说，一年五万的话，我是不会去读国外大学的。

我会让我爸妈直接把钱给我，你信不信？我会立马用这笔钱去做生意，马上就可以钱生钱了，不是吗？

谢欢说，也是，反正我们读书，不也是为了将来挣多点的钱嘛，早挣早闯荡，机会更多些。

差不多一个星期后，有天紫罗兰终于看出来了，说巴里像一只煮熟了的虾："你每天跑哪里去了？"

巴里说："我参加社会活动啊，给教育机构发放传单去了。"

紫罗兰打听了巴里的社会活动，非常心疼，说不许去了，另找别的活动吧。

巴里说："学费是五万元一年，说不定我自己也能慢慢挣出来呢！"

紫罗兰笑道："是五万加币好不好？合算人民币要二三十万呢！你朝哪里挣出来呢？你还是努力在功课上费神吧！"

巴里吓到了，没想到如果去加拿大上学的话，光学费就这么高，可见巴大里和紫罗兰对自己的期望有多大了。他没作声，温温地拒绝了李思明和谢欢，没再去发传单了。最主要的，如果他们知道是五万加币一学年的学费的话，会不会吓得牙齿也掉地下了？

社会活动还得继续。

紫罗兰通过手机和尼古拉斯的妈妈交流，两个妈都有点慨叹这个社会活动分的积累，尼古拉斯压根也没提社会活动的事儿，整天整夜猫在电脑上，打网游呢！后来，尼古拉斯的妈想出好办法，因为他家是开电子厂的，生产线上还差包装工人，就让这两个宝贝去他们家打工挣社会活动分也挺好的。紫罗兰

高兴坏了，马上就让巴里过去。

早上是九点上班，还能在公司的食堂吃份免费中餐，拉长挺年轻，巴里没敢问，瞧着岁数大概也就和他们差不多大小。拉长很快吩咐了他们事情，交代些注意事项。他们点头应了。

包装组长是个年纪稍大点的阿姨，他们本来想叫她"姨"的，结果听别人都叫她姐，他们也只好顺着叫她"姐"。姐告诉他们包装程序，说了一遍，听着有些乱，他们不好意思再详细问，看着边上坐着几个包装工，有一个年纪比他们还小，就赶快打个马虎眼过去，心想着如果不懂，就问那个小朋友。

小朋友就是帅，这是巴里第一次见到帅。

帅坐在一张小凳上，仔细审核着每件设备的标签，QC签，S/N编号签，然后把它封装到一个静电袋里，再认真贴上黄标的封装条，把它放进形状正好的珍珠棉纸盒里，配规格电源，配规格的说明书，最后再把纸盒牢实地扣好，在封口片再贴上产品型号标签，就完成了一件设备的包装。

巴里有心地看了两次，应该会了，就坐帅的下手，慢慢地干起活来。尼古拉斯还好，没有因为是父亲的公司就有点居高临下的味道，他坐在另一个总包装那边，负责包装整箱的设备，然后开动打条机捆绑大包装盒，最后封箱。

巴里问帅，你多大了？

帅笑，十八了。

巴里嘲讽了一下，怎么可能？你比我还大吗？

帅吓住，脸色稍微变了，然后说，你也不到十八吗？这边说不能讲自己不到十八，不然会有麻烦的。顿一顿，说，十五

了，已经初中毕业了。

巴里心里笑起来，这小毛孩，一诈唬，就出真言了。

巴里说，是暑假过来玩的吧？顺道来干点活儿，挣零花钱？

帅一脸的窘迫，只说，我不想上高中了，没意思，直接出来干活的。

巴里说，是不想上啊，还是没考上啊？

帅老实起来，确实没考上。

巴里就没再问人家这些尴尬问题了。

总算干了一个月，在尼古拉斯父亲的办公室里盖了那个社会活动的证明章，还得了两千二百元的钞票。每天中午，其实都是尼古拉斯的父亲请他们去外面吃的饭，不是必胜客，就是能点水煮鱼、宫保鸡丁、蒜泥白肉的东北饺子馆，再不济都是肯德基真功夫。让紫罗兰都不知说了多少千恩万谢尼古拉斯父母的好话。

巴里对巴大里说，其实我也能挣钱的，你看，一个月，可以赚上两千二百元呢。巴大里只好笑，紫罗兰摇着脑袋，还在计算怎么还尼古拉斯父母的情分。

2. 深圳

现在帅搬到家里来住了。爸和妈租间房子，就在工业区旁边的农民房里，澳港新村四十五栋，二零三号房。比原来他去过的那个总在"香万里"买水果的女孩子的家，要大些。这房子是套间，有厨房还有卫生间，爸妈有一间，他和姐姐也有一间。姐姐不大高兴过来住，但爸妈坚持，妈说："过两年你出阁

了，想和咱们一起住都不能够的。"这句话把丫丫说得挺难为情，也不好意思再违爸妈的意。一家子四口人，在深圳又过得团圆起来。

帅不在小姨那边干了，爸挺有面子，在自己打工的电子厂给帅找了包装线上的活儿。管生产的是个小伙子，脾气很好，有时候还蛮像回事地架副眼镜，其实他学问不大，但那副眼镜让他一下子有知识起来。他让帅给复印张身份证，爸有点嗫嚅，悄悄地告知他帅的年龄可能还不够，小伙子想一下，也没多坚持，说把身份证带过来吧，他会想办法的，就是别再和任何人提起这事儿。爸感激涕零的，帅就到了包装线上。

包装不是件技术活儿，但是得有条理，有记性。因为这家电子厂主要是做出口生意，所以发货时的要求都得看得清清楚楚。有的客户是不让有任何中文标志的，连任何产于中国的标志也不能要。这个英文短句，包装这边的都得学，也都得记住。帅是学过"Made in China"，所以这话也能看明白。包装这边的都觉得帅挺有用，让他每件再检查一下，小到电源线也得检查。帅因为有这个能耐，反倒比别人忙些。

爸和他在一家公司，爸在装配线，离他两间房。平时不大看得到，大家都非常忙碌。只在吃午饭的时候才看得到爸爸，也能在吃午饭的时候看到妈妈。

妈妈在公司食堂里帮活儿，每次给爸和帅留的饭菜又热又香又多量。别人的饭盒里只一块炸鸡腿，帅悄悄地啃一只，慢慢地吃着米饭，然后从米饭里还会冒出另一只鸡腿来。爸抬起头来和他相视一笑，他们一起从食堂打饭的窗口看看还在忙碌

的妈妈，三个人又会心地笑一下。

食堂工作不是特别忙，公司只包中午一餐，所以妈妈比帅和爸都能早些回到家，给他们做晚饭，然后拿着饭盒赶到公司，因为帅和爸一般会加班到八点钟。别的人干活时饿得咕咕叫，他们爹俩会在晚饭时间照常吃上饭。

爸爸回家后，一般看会儿电视，喜欢随着妈妈看那些长长的连续剧。后来爸爸交了几个朋友，有时候也会到外边去散散步，听各地的人讲他们遇到的故事。他们里面有个叫老常的，平常也没什么事情，也没见他有什么正经活儿干过，但他有时候还会抽点好烟，喝点小酒，日子过得还不错。

有一次，帅的爸爸问他，想知道他是怎么过日子的。他掏出一张报纸，在昏黄的路灯下给爸看新闻。爸看得不很真切，好像说哪里的车翻了，这场车祸死伤三个人。爸问老常："这是什么？有你熟人吗？"

老常笑笑，指着下面的一行小字："报料人，常先生，报料奖，一百元。"

爸还是很迷惑地看着他。老常说："这个常先生，就是我啊！"

爸听老常细说，才知道深圳这边有一批人专做新闻报料的事情，每天到处闲逛，给报纸抢新闻。也不可能每天碰到什么事，有时候就只是一对小青年伴侣吵架吵得凶，把路给堵住，有时候几天采到的新闻，什么报社也不给采用。老常说，又得碰运气，还得耗时间，每天走来走去，虽然不花什么车费路费，但也累啊。

爸觉得这可真不错，这城市，眼角下什么都能赚上钱。

爸有天周日也跑出去逛，真就碰上一起抢劫的，在那条还没修好路的河边，有两个愣愣的小伙子，把一对正在谈恋爱的情侣给劫了，大概也就是百多十元钱。爸听到他们的惨叫声跑过去，男孩子已经被掳到地上，膝盖磕出血来，女孩子跪在男孩子身边，看到帅的爸过来，大声地唤着救命。那两个抢劫的亡命小子，看见帅的爸过来，就一溜烟地跑不见了。

爸呆一下，想想，掏出手机，又抖抖索索地拿出那张卷得稀烂的报纸，照着上面的新闻热线电话，报了这边发生的状况，核实自己的身份证和住址。

很快就见报了。爸挺得意，拿了报纸给全家人看。那中间版面确实绘声绘色地登了那条新闻，而且告诫市民不要去偏远的地方，尤其是人迹罕至的工地那里。下面是写着："报料人：刘先生，报料奖：一百元。"

妈挺高兴："这就能挣上一百块？"

爸说："可不是嘛！这城市，只要你有心，还真有赚钱的法子呢！"

妈想了一会儿有些皱眉头："那女孩子喊救命的时候，你掏出电话给报社打的啊？你没给他们报警吗？"

爸低沉了："没，后来报完新闻，就马上给报了110。"

妈摇摇头："感觉总有哪儿不对劲。"

爸沉默："也是。如果是车祸或是有人受伤，总得想着帮别人忙活儿，哪有工夫去考虑这些？"

妈点头："我们别干这事了，总觉得闹心。"

爸说："老常可……"

妈说："人家是人家的事，咱不干这些，也别吃这碗饭。"

爸消沉着，但点点头，答应了。从此没再到处找什么新闻报料，老老实实地仍旧在公司里干活，过得挺平实。

包装组的组长叫小谭，不爱吱声，是东北人，长得可一点儿也不高壮，矮矮小小的。旁人说帅也不像河南人，也是没长得壮实没出挑。小谭挺冷地回敬他们："你们看打工的东北人，农民工，有几个长得人高马大的？我们从小就家里穷，连吃饱都没顾上呢，哪里能和徐经理比？"徐经理是销售部的，不算经理，只是南方区的小组长，但白领那边，管谁都叫经理。徐经理确实是东北人，人高马大的东北人，和小谭还是老乡，但小谭不爱和他比。

小谭挺厉害，小谭会摆治电脑，这边的打标签设置连接的只是一台早已过时的486。但小谭很会玩，有时候客户要求的LOGO啊、商标图啊，从这台486上是怎么都操作不了的，但小谭带USB，拷下图来，然后自己重新设置尺寸，每回新客户的标签都是他整定的。帅挺崇拜小谭。

他也喜欢这台带鼠标的电脑，拖动起来的感觉特别好。有一次新客户的LOGO又送过来，小谭操作一遍，之后，帅凭记忆重新又弄一次，结果真成功了。后面的几种型号的产品，全部能在标签机上打印出来。小谭走过来，检查，挺严肃地对帅说："嗯，你小子还不错！"帅觉得这算是夸他，嘴上咧出朵花来。

小谭很好，看出帅爱学这些，就有心多教他。包装这边的，都是四五个没什么文化的婶娘，只按照客户的要求一步一骤地

包装就行，也不是特别长脑子长记性。帅有次就发现，出南非的货，配的电源他记得应该是转十二伏的，可生产单上没有写清楚，按常规的转五伏的配。帅觉得自己没记错，在封箱前硬是问了办公室那边的外销员，这才知道差点犯下大错。赶紧全换了电源。

那个女外销员也挺好的，把这起差点发生的事故报给上面，结果那月，帅就得了先进个人奖，两百元呢！

丫丫一直在那家内衣厂上班，薪水不多，每天挺忙，要加班。据说她们的货是专供那些大超市的，一件三四十元钱。每做一件，丫丫的提成是半元钱。内衣厂基本全是女工，差不多的年纪，有时候刚玩得好一点的姐妹马上辞了职。丫丫开始不习惯这些别离，来久了，也熟视无睹了。

后来有一趟，丫丫原来的一个小姐妹来家里找她，那个小姐妹现在变得超漂亮，还化妆，化得特别好看，穿蛮漂亮的裙子。妈妈问她现在做什么，她支吾半天，也没说出个究竟来。后来她走了，丫丫一直送她到地铁站，丫丫回来后，妈不多问什么，妈一直有这能耐，三下两下就把丫丫和那小姐妹的话掏出来。丫丫笑话那小姐妹，她说她一直都没见过阳光呢，所以现在蓄得脸面这么白。她说她两三个晚上的收入就是我一个月收入呢。她说男女是平等的，有些旧观念是农村人自己堵自己的，现在你看这深圳，每天都欣欣向荣的，哪还守那些旧脑子？看看电视，看看网上，婚前同居算什么呢？人家还有男的和男的好，女的和女的好的呢。

妈妈告诉丫丫，她和咱不是一路人，你和她们是不一样的！

丫丫问妈妈，我和她们为什么不一样呢？

妈妈很正经地告诉丫丫，因为你有廉耻啊，因为你一辈子都不想不见阳光吧？丫丫愣愣，想想，点点头，没听说再和那小姐妹有什么来往了。

3. 深圳

在武汉晃了一段时间，峰还是想找合适自己的工作，拒绝了心洁帮他找的几家公司。心洁劝他，你不要太认真，没有真正适合自己专业的工作的。就是真合适你的，工作起来未必像你梦想中的那样。

峰不吭气。这段时间，他没办法，只能住在心洁这里。现在两个人像小夫妻一样，每天抬头不见低头见的，让峰有些厌烦。可是峰自己也觉得不能不识好歹，住心洁的，吃心洁的，还花心洁的，有什么再可说的？

但峰心里的那条冬眠着的蛇，一直在蠢蠢欲动。

这时候，表舅给他打来电话，问他想不想过来深圳发展？

表舅说，也许深圳有好多发展机会，毕竟这里就业趋势比较好。而且，在这里，我们还能有个互相照应。

互相照应是表舅的谦辞，其实明着的，应该就是表舅准备照顾他。峰的这个表舅是妈的表弟，小时候在家里住过，放寒暑假，老去妈妈的县图书馆看书——那会儿妈妈分在县图书馆工作。所以，就和妈的感情有些深。那趟妈带峰去武汉，就是到表舅那边玩，表舅给他买过一套特别好的衣服，峰一直没忘记，还照了许多照片显摆。他去武汉读书，可能也因为那趟出

门对表舅的印象极好，连带着也喜欢上武汉了。峰去武汉读书的时候，表舅早过深圳这边来发展了。听说发展得还不错。表舅是学化工的，和一个朋友合伙开了家护肤品有限公司，一直走院线销售，生意算不错吧。

峰火急火燎地赶到深圳。

他倒是一下子就喜欢了深圳，可能大都市的面貌太迎面扑来了，而且很早就知道它是改革开放的前沿阵地，那么多特区后来都没什么太大的发展，独深圳一枝独秀，霸气盎然地雄赳赳地屹立在南海边上。

工作不像想象中的好找，现在正过了毕业季，已经到十月份，用人单位早已从应届生中抢了些用工，安插在自己的各部门里。

峰住在表舅家里，遇到一个和他差不多年纪的女孩子，也是河南老乡，也是艺校毕业的，是表舅妈家的亲戚，和她母亲一起过来深圳，专门来跑广东这边的公务员考试的。她们母女俩住宾馆，就在考场附近。表舅还拖着峰一起和她们吃顿饭，闲聊下将来的发展。

女孩子长得挺漂亮，一看就是艺校毕业的，相当会收拾自己。瘦成一道闪电，锥子脸、长披发、麻秆腿又细又长，和峰很快熟络，谈起自己的计划。女孩说："我也没办法，老妈就想让我考公务员，一路这样考过来，大大小小的，少说也有一二十场了。"

峰问："听说还是得有点后台的。"

女孩子点头："是啊。先考着呗，说不定哪里就碰上硬实的

关系了，我就可以解放了！"

峰停了停，想想，觉得女孩子的话里有玄机，看来家里也不是一般的人。

女孩子果真告诉他："外公和爷爷都是国家的人，所以爸妈也都是国家的人，所以就希望我们一辈子也能成为国家的人。"

峰笑笑，鼓励她："那就好，总会有机会的。"

女孩子叹气："我是没办法，按他们给的路线走。我自己，是想去韩国学美容的。女孩子学这个，对自己好，对别人也好。又美美哒。可我爸妈不让，说不是正经行当，将来不希望我从商。女孩子，让他们说起来，就当个傻呵呵的办事员，就是他们希望的我一辈子的方向了。"

峰只好点头言是。

深圳的大公司也算多，他把简历投给华为，投给中兴，也投给腾讯。然而，如石沉大海般，没有一丝回音。

表舅问他："你不要见着大公司就投，你要看看他们有什么职位的。"

峰说："其实那些职位可能和我的专业真不对口，但我想试试。总可以一步一步做起来吧？"

表舅妈说："要不，你先到大芬村看看？那里毕竟是你的同行。"

峰也想看看这个名气很大的地方，表舅就带他去趟大芬村。

在大芬村走走逛逛的，峰看到许多画廊和画作，不知道为什么，他多少有些失望。他以为会看到很多原创的作品，但不是这么回事，全是作坊间里描摹出来的世界名画，还有些写意

山水。当然也有些小小名气的画家的作品，在这边售卖，价钱并不算多好，应该比他想象的要差太多。

峰悄悄地叹口气。他有点怜惜和自己一样专业或者说志趣相投的人，在这个并不崇尚艺术的时代，苟延残喘地生活，真的是累。但话又说回来，哪朝哪代，哪个国家，芸芸众生里那么多会画个两笔的人，如果真以绘画为职业，有几个过得舒心得意的呢？有几个像毕加索在现世就能名利双收的呢？悲戚如梵·高，也是死后才大放异彩的。而且在评论界来说，对梵·高画作的过高估价，其实也缘于世人对他身世的怜悯或者好奇吧？

"其实可以当作一生的爱好。并不是所有人都有绘画天赋的。"表舅这话应该是宽慰他了。他们那天坐在必胜客里，吃一道比萨。

表舅指着必胜客忙碌的小弟说："他们的服务应该是经过培训的。有时候我觉得，在这种大公司待上一段时间，哪怕从底层做起，也会对将来有好处。因为有好的公司法则指导你，告诉你什么才是有效的工作，什么才是待人之道。"

第二天，峰就应聘了汉堡王的一份差事。他一直牢记表舅对他讲的另一番话："年轻人，第一开始就应该吃点苦，以后真有吃苦的时候，也不怕了，因为有底子了。"

妈几乎天天给表舅打电话过来："你说他上的学也不差，那么好的学校，他成绩也不差，还得过那么多奖。你是知道的，从小到大，画画的奖都摆满家里的一桌子了。……怎么找个工作会那么难呢？"

表舅说："先等一等，让峰自己静下来，想想要干什么。你别着急，怎么都会有工作的，看是什么工作了。"

妈都有点啜泣了："这孩子，也不顺啊！你知道那次的高考，他一直揣着心思，怕人家笑话他。我以为过去了就过去了，哪想到他一天到晚还是受着这心里的罪。"

表舅说："姐，事情过去，就别再提了。总是给孩子的一个机会。别人怎么看我们没办法，事情到这步，就只想孩子往好处走了。你别说什么了，他有这份心病，也许会比别人更加珍惜自己的机会。"

七天后，峰终于得到一家知名童装企业的工作。他面试录取后，激动得辞掉汉堡王的工作，结账后还拿着钱去请表舅表舅妈一家吃了顿东北菜。

表舅说："这家童装公司很有名的，你一定要好好干！"

峰清理自己的东西，搬到离公司近的一处农民房里，他已经谈好价，一室一厅带卫生间还带一房家具，每月一千五。峰收拾好自己的家，美美地在木床上伸展着腰身。心洁这时候打电话过来。峰美滋滋地回答她："安下身了，我在这边干好了，你也过来吧。深圳这城市，可比武汉干净多了！"

第三节

1. 深圳

这个年，无论如何要去巴大里的老家过了。巴大里和紫罗兰不是一个省份的，所以每回为过年去哪边，弄得头有点大。

现在他们年纪大了，不想每次在路上折腾，特别是紫罗兰现在比较惧怕冬天的寒冷，所以，最近这几年，都是在深圳过的年。

姥姥姥爷打电话过来："今年回来不？"爷爷奶奶也打电话过来："今年回来不？"都听得出他们也有点例行公事敷衍潦草的味道了。

巴大里说："马上就要出国去了，就让这小子回家过次年吧。"紫罗兰想想，竟然没有反对，同意了。

这年算是个温暖的冬天，放寒假后，巴里就先回父亲的老家了。运气还算好，买到一张软卧席，从深圳可以直达巴大里老家的那个地级市，然后小叔会来火车站接他，的士开上一个多小时，把他再送到爷爷奶奶的那个村子西关镇，先过两个晚上，再把他接回离西关镇只二十多分钟的林子县——小叔和婶婶一家都在县城里住，用水用网都方便些。

巴大里是中原人，在广东人眼里便是北方。一下火车，出了供暖充足的软卧车厢，从火车站出来后，巴里就觉得飕飕的北方寒气。真冷啊！

小叔见他挺亲热的，还带了儿子杰过来。很久没见过杰了，还是巴里没上小学的时候两个人玩过，一晃，杰长得很高了，也比小时候胖。杰还帮着拎巴里的行李。一路上，除了小叔话头特别多地问东问西，巴里和杰几乎都没怎么说话。

窗外是荒凉的中原景色，一马平川的贫瘠的土地。杰指了指路过的一片山坡，笑着用家乡话给巴里说："哥，你看到那片坡没有？中秋时有领导来访问，我们这边的领导就让人家画了树，把油布遮住荒山让领导远远地视察。"

小叔接口道："领导没看出来，还说绿化有功呢！"

出租车司机也接话："可别说，那画画的功夫好着哪，像真的一样！"

他们哈哈笑，巴里只好点点头，附和着说："都这么蠢！"

一路仍旧无话，左弯右拐地进了爷爷奶奶的村。爷爷家住村口，就在大队办公点旁边，比前几年的路好太多了。车子一停下，爷爷家里出来一堆人，晃得巴里都不知该叫啥了：奶奶、大姑、小姑、大婶、二婶、四婶、堂姐姐、堂妹妹、表姐姐、表妹妹……都是女眷。奶奶比早几年看着要矮一截，戴着绒线帽，穿着盖住屁股的大棉袄，拉着巴里的手就掉下眼泪来。把大姑小姑还有几个姐妹的眼泪也招出来了。有个婶大着嗓门说话："这出息的孙子已经着家了，是喜欢得流泪吧？"大家忙抹了眼泪，把巴里迎进里屋。原来男眷都在里屋呢，长辈全坐着，比巴里小的，忙站起来打招呼。听着有人已经唤巴里"叔叔"了，不知怎么辈数上就长了一截？

爷爷坐在最里面，靠着一张铺满毛毯的大椅子上，爷爷说些什么，巴里听不大明白，旁边有人帮着翻译，大约是问他爸他妈什么时候过来。巴里回复道，说是过年前就赶过来，因为单位还没放假，而且票可能买不着了，他爸妈应该开车回来。巴里这时吹嘘下，因为爸在元旦新换了一部越野车，到学校接他的时候挺拉风的，跑高速跑老家应该是很好了，四驱的，G500发动机。但是满室的男人，表情木木，巴里想着家里人估计都不懂，就不再夸耀巴大里的新车。

爷爷说，今年过年回来的人都全了，你大伯说要照张全家

福的。……说你要去外国了，外国话能听懂吗？外国人你看着不害怕吧？

巴里点点头，然后再摇摇头。

又进来一些男人，差不多一样的打扮，一样的面孔，家里有人安排他叫，爷叔、某伯、某叔，巴里听话，一一地都叫了。

有个爷叔，看着就和大伯差不多年纪，不大讲话，一直低着头默默地听，后来很认真地问巴里：台湾什么时候收复回来啊？那外国人不种地靠什么吃饭啊？我们不给他们粮食，他们不饿死了？

巴里愣住，不知道该怎么回答。爷叔说，你不是马上要走的？这些重要的事情总得弄明白。巴里只好答应。

总算大婶娘把他救出来，差自己的孙子也就是大堂兄的儿子来叫他去家里吃饭。因为爷爷奶奶是自己开灶，平常不大动荤腥，所以大婶娘那边今晚已经做了花椒鸡还有炖排骨，让巴里过去吃。奶奶也催着巴里赶快去吃饭，说是想吃什么尽管给奶奶说，奶奶都会去集市上买，大婶家的这些鸡和排骨，也应该是奶奶早买好给巴里的了。巴里起身，别过这一屋子的人，就走到大伯家去。

大伯家的堂兄和巴里算熟的，原来没结婚的时候到深圳来打过工，是巴大里同学开的厂，后来干了两年，说和工头搞不好关系，又换了几个地方，都是巴大里和紫罗兰的关系，仍旧做不长，然后就回家结婚，生下两个孩子，现在在村口开家小铺面，卖点零食小杂货什么的，其实最主要的是在里面支了两张麻将桌，还有三台电脑，联了网，有人在里面二十四小时打

网游，靠这些挣点钱。

农村的冬天，还没到八点呢，路上就冷清得不行。家家户户掩了门，巴里只能窝在堂兄的小铺里，哆哆嗦嗦地上网打游戏，和同学们聊聊天。他倒真是一天也不能在村里待。但紫罗兰还是把他从小教育得不错，晓得回来是为了宽爷爷奶奶的心，以后出国了，就真越来越少能回家里了。

第二天，小姑很早过来，非要带着他去市集那边吃烤串，一买十几串。巴里是受过紫罗兰吩咐的，不敢瞎花家里人的钱，耐住自己的馋性没敢多要。也不知是怎么回事，家里烤的肉串，就是比深圳的香，油直往下流淌。

他倒是一点也不含糊地跟着来接他的小叔去了林子县。小叔家至少是住楼房，有厕所，这点对巴里来说太重要了！他没办法在村里上厕所，已经憋了两天的屎，水也不敢多喝，嘴角开始起泡。

巴大里和紫罗兰在大年三十的下午到达，直接去了西关镇。听说当时天光还亮，巴大里的车一身尘埃，掩了它上百万的身价，很骄傲地停在大队部的院子里，一村的人都过来看巴大里。紫罗兰还是像个办公室主任，指挥着婆家的小伙子们，从后车厢里还有后车座上，拿下一堆又一堆的东西。老家的人个个脸上喜气洋洋，满脸是光。

初一的时候，巴里和小叔一家子从县里又返回西关，才碰见爸爸妈妈。午饭后，他得了许多很大的红包，因为听说他是要出洋，家里人都可着劲儿地给他钱，奶奶是三千，比巴大里大些的伯伯和姑姑，每家商量好的，都给的是两千，比巴大里

小些的叔叔和姑姑，也是商量好的，每家给的是一千八。紫罗兰没阻拦，巴里就小心地收下这些钱。

天很冷，但雪硬是没下来。午后还有阳光。大伯张罗着，把全家人都叫到大队部门口，拿些条凳还有椅子马扎什么的，站的站坐的坐蹲的蹲，一家子四十多口人真得给照了张全家福。巴里一点也不想在西关待，怂着小叔赶快回县城。紫罗兰太忙了，姑姑嫂嫂婆婆妈妈，够她忙活一阵子，她没来得及管束巴里，巴里就和小堂弟招辆随手招，直往县城冲——他办了张网吧卡，就在小叔家前面的那家超市的楼上，那可是家大网吧，能和深圳的网吧媲美了，暖气足，里面好多人都打 DNS 的，一约，就成了队友，亲得像从来都是邻居街坊一样。

哥哥，你原来小时候每年都回来，你还记得这里么？小堂弟问他。

多少是有些印象的。据紫罗兰说，当时工作忙，巴里上小学三年级之前，每年的寒暑假都要来西关和林子县，后来寒暑假开始上培优班，再没回过老家。

听说是在二婶家学会走路的。紫罗兰前一天才上火车，打电话问巴里会走了没？还说圈在学步车里乱闯呢。挂了电话，大姑把巴里从奶奶家抱到二婶家拉呱家常，就突然跌跌撞撞地自个儿走起来了。

还跑到那片石路上玩过土和沙。二旺家当时正在重新盖房子，巴里天天跑那边去抓土，听说自己的尿还和着那些土，恶心巴拉得玩着黏黏的泥巴。

有年冬天下了很厚的雪，他和那些堂姐表姐一起堆了个雪

人，用红萝卜做的嘴唇，用煤灰揉成的眼睛。到晚上，巴里怕院子外的雪人冻着了，还跑下床把自己的羽绒服给它披上，奶奶起床后看到，直说他糟践东西呢。

回程的时候，他坐在那辆越野的后座上，家里送他们的人排在左右两边，奶奶又眼泪汪汪的。巴大里发动着车子，紫罗兰一个个地给他们挥手。巴大里笑起来，再不走，就走不了了。车子就慢慢地把他们甩在后面了。紫罗兰收起笑容，转过头问巴里收的钱，各是谁送的？一再强调她不会再没收巴里的压岁钱了，但她必须知道明细，因为以后要还情的，巴里便一一给她说了。紫罗兰笑起来，加起来还没姥爷一个人送得多呢！巴里眼朝着窗外，看这片据说他必须写着祖籍的地方，懒懒地回道：自己家里人，计较个什么？紫罗兰"咦"了很长的一声，巴大里爽朗地笑，但巴里知道，他是难得再回这片地方了。

2．利民

这年夏天，爷爷去世了。

这是大事，公司准了假，爸妈丫丫还有帅，一起去给爷爷奔丧。

爷爷就爸爸一个儿子，爸在路上一直不好受，觉得老人走的时候自己没在身边，在火车上，就眼泪时不时地往下淌。

爷爷还差一年就九十，爷爷是大年初三的生日，老家人没有活得像爷爷那么长寿的，所以过了八十九，大家都说爷爷九十了，觉得非常开心。

爷爷比奶奶大十岁，生养了大姑小姑还有爸，爷爷比奶奶能

吃些，可能因为自来就是奶奶把家里所有好吃的东西都留给爷爷，在帅的印象里，奶奶是不怎么吃菜的，喝碗糊糊就过一餐。

有时候帅上课后或者看完什么影视剧，也会问爷爷，你们那时候有日本鬼子过来吗？爷爷点点头，来过，当时都挺害怕的，看着膏药旗就吓得腿发软，结果他们没在我们这边停留，嗵嗵嗵开着车走掉。帅问，没祸害你们？爷爷笑，摇着头，就走了，没停。

爷爷原来当过村支书，是个官儿，不过帅知道爷爷除了会写自己的名字，就别的都不认识了。帅没敢问爷爷主持开会的时候怎么办，帅天天见到爷爷房里墙上挂着的照片，都发黄了，年轻的爷爷正儿八经地左手拿着本书在看，右手握紧拳头往上举，嘴角微张着，好像在喊什么口号。

那原来饿着过没？听说哪几年饿了好些人。帅又问。

爷爷眼睛蒙蒙的，脸上笑眯眯的，爷爷自打帅出生后，总是这样一副笑眯眯的模样。爷爷说，你爷没吃过什么苦，也没遭过什么罪。这样活下一辈子，知足了。

大姑听着这话，眼泪出来，大姑给小姑说，咱大咱娘就没享过什么福，所以以为这辈子没受什么罪，以为这样活下来，就是最好的。

小姑也愣，活下来，不就是最好的？

大姑摇摇头，活和活，真就不一样呢！你没出过利民，跟你说什么都不懂！小姑吐吐舌头，也不再说话。小姑真是一天也没出过利民，她一直都在利民待着，也没干过什么重活累活，嫁了小姑父后，小姑父对她也好，她每天没事干，骑着辆单车

到处乱晃，总是跑到街上的爷爷奶奶这里混个餐食。

爷爷腿脚不好，这边冬天冷，可能是老寒腿，但怎么让爷爷吃药，爷爷坚决不吃。爸走的时候，爷爷身体已经不行了，但还能坐着，爸本来想，过年前回来，给老爷子再做个寿，再活三五年的不成问题。没承想，爷爷就这样去了。

奶奶流眼泪，奶奶说，后来给他打针都不干，他是从来不信医的，他说自己的妹妹就是医生打针打死的，所以好不容易给爷爷吊了点滴，爷爷硬是自己拔出针来。不知道他是不想活了呢，还是真怕打针，我们到最后一点法子都没了。奶奶难受地说。

停灵三天，放在爷爷的堂屋里。所有的小辈亲戚都披麻戴孝。

爸哭了一场，堂兄堂弟过来找他议大事，现在最主要的是爷爷怎么弄。

老爷子没要求任何事，就只想整条身子完完全全地进土里。但现在有规定，因为圈了地，马上就能拿地来换钱，这是村里给每家每户都说好的，有合同。这段原来的老坟也都刨平了，拿出骨殖来重新去火葬场烧了再埋进公墓里。你就是现在把老爷子的尸首去大殓埋进自己的土地，过后仍旧还是要起出来的。

爸点头，他知道。他们已经拿了一部分的钱，当时规划到这边的时候，全村人的眉毛都喜得快撑不住。每户的钱相当可观，觉得可以花到下辈子呢。现在才知道，以后没土地了，连老坟都没了。

爸爸的眼泪又唰唰唰地下来。爷爷奶奶的土地是归给爸爸的，原来妈妈还在种地种玉米的时候，家里的那几亩地其实也有爷爷奶奶的份。奶奶从不计较妈妈，每年妈妈只要打点好给他们的粮食，他们就心满意足了。他们也从来不和帅一家子住一块儿，奶奶一直对街坊邻居说，他们在街上住惯了，也热闹，人来人往的，特别好。而且，他们也和帅一家吃不来。

妈在女眷那边陪着客。逢女客过来哭一场的时候，妈和丫丫还有大姑小姑都陪着来悼念的人一起哭，给别人磕头。起了身，就又闲话一场。虽则是丧事，毕竟是喜丧，倒也在肃穆中一派热闹。

正是暑假的时节，来吊丧的人里还有盛辉和他的爸爸。盛辉爸和帅的爸是拜把子，盛辉爸也披着麻戴着孝，给爷爷三拜九叩。盛辉还好，跟着跪了，不过还是穿着自己的衣服。帅和爸一起陪着他们行完礼，爸和盛辉爸商量什么事，盛辉就和帅讲点小话。

盛辉如愿考上县高中，但听他的意思，成绩不理想，还是分着一个不太好的班，盛辉说，如果上不了重点班，那考大学就没希望了。

盛辉爸在那边嚷，考大学有什么用，你看前面那个刘家定，还不是从西安回来了？

刘家定是利民的模范人物，当年是县里的状元，锣鼓喧天的庆祝都闹嚷到家门口的，是西安的一所很有名的大学录取他。后来毕业后留在西安，好几年也没他的特别消息，突然就回来养起藏獒来了，据说生意特别好。不过前段打场官司，说是过

路的有个小男孩不懂事，跑近逗一下那畜生，没想到会弄得那么厉害，一条不怎么起眼的小黑狗，血性上来，把男孩子手上的皮都扒了。刘家定赔些钱给人家。但生意仍旧火，因为这起事件，反而越发名气大，好多邻乡的有钱人家慕名过来买他的藏獒，认为真是纯种的。

爸摇头，现在什么世道？好好的一个大学生，学问也不做了，跑回来养这种畜生！伤了人家孩子，还成了不花钱的广告！盛辉爸也生气，我都看不懂这世道了，你比我应该厉害，你还跑深圳呢，你看人家城里人，大地方人，是不是也像这样？

爸不吭气，爸其实真没见过深圳所谓的城里人，大地方人。爸在厂子里，也是和自己身份差不多的人打交道，没觉得出了利民。

盛辉恶狠狠地说，不管怎么样，我是要考进大学的，我是要离开这利民的。

帅想告诉他，不进大学，也能离开利民的，像他一样。但帅没好意思拿自己打比方，帅只点点头，算是同意盛辉虎视眈眈的雄心壮志。

爷爷还是只能火葬，一条身躯变成一堆灰烬，束进一个四四方方的小盒子里，爸爸拿了，由帅背回到自己的家，放在楼上的那间空房里。

盛辉爸说，楼上的房子是给帅娶媳妇用的，你爷会保佑你的，替你盯着家呢。爸笑道，还得攒点钱，将来得翻修一下，现在手里算宽裕，得把房子好好拾掇拾掇。

盛辉爸说，嘿，还回来干什么？也没土地了，也不用种粮

食了，你还是努力在城里熬着吧，总不能回来天天和我们打小麻将，天天喝小酒吧？

爸说，再怎么样，也有回来的日子，这终究是我们的家。

盛辉爸笑起来，有祖宗的地方才是家，现在都没祖坟了，老人也慢慢老了，哪里还是家？处处都是家啊！哪里过得好，哪里才是家啊！

爸应该是想着奶奶，又神思恍惚起来。奶奶的房子被小姑借去，现在小姑父的木匠活儿挺不错，都是老远的大地方慕名而来的客户，点名要小姑父的手艺。小姑和奶奶一商量，街上的房子就成小姑父的店面，奶奶就和小姑住一块儿去。妈很有些不高兴，说奶奶糊涂了，儿子在，哪里能和出嫁的女儿待一道的？爸说妈，你又不回来，你难道想让娘一个人守着屋子，那才真让人闹心的！

妈叨咕几句，该不是街上的房会不会落到小姑的名下。爸厉害起来，说自己的妹妹没敢这样犯上越矩的。妈才精神抖擞起来，不扯那些闲话了。

小时候的伙伴和同学都不在街上，他们有的去上补习班，在高中奋斗呢，大多像帅一样，早早地出去打工了。帅没有熟识的人，觉得利民陌生起来。

走在路上的时候，妈对爸说，这都没土地了，全建高速路了，将来帅他们，搁哪儿安身呢？

爸不言语，看着越来越远去的利民，快快地从他的视野里消失了。

3．深圳

公司在南山，快到蛇口了。那里有很大的外贸服装交易市场，好些尾货或次品会以非常低廉的价格在那边交易。公司在国内的名声还不错，在很多大的商场都有柜台，也有自己的专卖店。办公室设在市内，但工厂，也可以说是代工的工厂，都在关外。峰来这公司快半年了，还没去过工厂。

他的工作特别繁忙，他现在在设计部。名为设计，其实是抄板。这算是行话，意思是复制别的大公司的产品，依样画葫芦，只在小的细节方面做下更改。现在童装领域竞争很大，都知道女人和孩子的钱好赚，都舍得在女人和孩子身上花钱，尤其是孩子。但孩子的衣着，淘汰得比较快，也讲究时兴。一旦这季不流行，货压多，损失难免就大。而如果这款卖得好，却没有那么多的量，老板看着钱也赚不来，只能仰天长叹。做什么事都讲运气！

所以加在设计部的工作就多起来，总得不停地抄板，每天都要出新样式。峰有时候看着那些服装设计便想，自己的童年哪有那么美妙过？想想现在的孩子，也是太幸福了。

薪水三个月后就加到八千元。妈听后倒抽一口冷气，惊叹里是觉得自己的孩子将来的出息已经指日可待。峰开始也挺高兴，但后来不想说什么，因为实在太累。工作强度超大，每天夜里忙到十一点才能下班。休息日还不能正常休息，公司实行大小周，亦即隔个星期就得周六上个全班。但这对设计部来说简直还算小菜，因为周日的加班都是经常的。而且因为不是工

人，所以他们还没有加班费。

峰重新搬了新家，住一个小区里，离公司更近些。自己又置了家具，布置了房间。他从小就比较讲究，爱干净，虽说是男孩子，但比起一般男孩子，他总是干干净净体体面面的。也许这是心洁爱他的另一个原因？

心洁仍旧和他电话，一天一个，和妈一样。峰一直脾气好，穷于应付这两个生命中的女人，倒也不烦。但对方可能觉得日益被冷落，因为峰忙于工作，心绪不是特别宁静，讲起电话来，心洁觉得他有些敷衍。

心洁向公司请假，一定要过来看看峰。

现在高铁方便，从武汉过来，如果买的一早的票，到了深圳，还能赶上和峰一起吃顿午餐。但心洁没得到这个待遇。自己打车摸到峰的住所，峰还耗在公司里加着班。她取了他的钥匙，给他收拾收拾房间。然后，她出小区，问清保安最好的市场，买回一堆食物，给峰做了一顿四菜一汤。

然而，所有的菜都凉了，峰才披着月色归来，疲惫得连饭都不想吃，倒床就睡。心洁本来有些怨言，到底心疼这个疲累的男孩子，没出什么声，默默地守着他把乏劲消停下，才两个人重新热了饭菜，再吃过。

峰笑着对心洁说："你还买了这套锅碗？你可知道，我从来没想过要开灶的。"

心洁半天不语，稍后说："我不想这样两地恋。要不我到你这里来，要不你到我那边去。我想，也许你更喜欢南方，更喜欢深圳。那么，我到你这里来吧。"

峰低头，半晌说："我现在还没落下脚呢，你等我安定后再说吧！"

心洁问："怎么才算落脚呢？你把户口调到深圳来了么？你准备在深圳买房吗？如果你有这些打算，你快点去办这些事。你也知道，户口如果现在不抓紧过来，派遣函要无效了，落在学校的户口肯定要转回你老家。你还愿意回御城吗？"

峰挠挠头："我现在没时间想这些，好遥远的。买房？你知道深圳的房价有多贵吗？"

心洁抓住峰："所以我要你现在就有个计划。总得慢慢来的，但你得有个方向啊。"

峰不想说什么。这对他压力实在太大。他还没有特别明确的方向。也许他的性格像心洁说的，行动力不够，但让他怎么办？他又怎么做出选择？现在这个工作就让他觉得有希望在深圳混下去了么？买房？天啊，心洁也敢想。一个平方米都要几万了，他不吃不喝四个月，才能买马桶大一块地方呢！

心洁气咻咻地离开了，因为峰没时间陪她。她本来以为两个人可以浪漫一下的，听说深圳郊外有很不错的度假旅游地，都是小资们周末去混的地方，有好多老外，有欧式的小道，有民俗小房，还有特别新鲜的海产品。但是，峰甚至连一小时的时间都没匀给她。

心洁要再等等，停两天还可以赶上五一假期，峰怎么也能有时间陪她了。但心洁生气，赌气走的。

表舅和表舅妈带峰出去转一圈。峰上班后第一次带着礼物跑来看这座陌生城市的亲人，结果表舅把他带到外面吃了顿农

家菜，然后跟着他们一块儿去爬梧桐山，那边好多文化产业园，做书画的比大芬村还要多。表舅妈的一个朋友在那边开家文艺馆，两层楼，当天在里面有个展拍会，是名方丈主持的名为"中国画家作品鉴藏"拍卖会，一些深圳本土的国画家拍卖自己的画作。

气氛挺好，画品也不错，虽然不算什么名师，但看得出功力却是老到的。最大的一笔，成交价是两万三，画的观音普度四海图。很传神，有神韵，画面干净，有股空灵之气。

表舅妈问峰："国画你也学过吧？"

峰笑起来："从小都学过的。一路画下来，什么都得弄。也有十多年了。"

表舅妈说："我还以为你只画油画的，专攻西洋画。"

峰摇头："没，从小都得练基本功。什么都学了，连篆刻、木刻、拓片都学的。"

表舅妈说："这么全吗？太好了。你入了中国美协没有？"

峰摇摇头："没，这可要资历的，一般人，哪里进去得了？"

表舅妈说："其实你应该往这方面发展。待会儿我让你见一个人，就是这个馆主，挺牛的，对绘画方面有自己的见解。你可以听他聊聊。"

馆主挺好的，个头不高，小平头，面相和善，操广东普通话，特别谦卑的一个人。听说身价很高，做市政环保出来的。五年前爱上了国粹，比如京剧、佛教，还有国画。当晚他请客，三四桌人，因为有方丈在场，吃的是素菜馆，菜品极讲究。

他说他文化不高，一直向往有文化的人，这算是沾了边，

也是自己以后的发展方向。

　　他说了他的模式：看中一批有潜力的画家，大概有五十岁了，最好已经是中国美协的，然后请画评家大力评价他们的画作，请媒体宣传，然后再做一些发布会，小型的慈善会，让这些画家开始露脸，先闹些小名气。这之前，他开始搜集他们的画作，每年都和他们签合同，应该按市价，最多也就几万一平尺，然后开始囤着。到几年后，也许五年，也许十年，这些画家，总有相当出名的了——这也要看上天给的运气，炒作时都是一样下力的。他就可以卖出这些画作，价码应该能翻上十番不止了。

　　在座的大概都是像表舅表舅妈那样的商人，大家觉得这主意不错，而且现在书画行情那么好，应该有得赚，纷纷表示入股，想一起炒作。

　　馆主说："人家都是抱团炒房炒股。我们高雅点，炒画！这个其实很文雅的。而且，国家对文化产业很是支持，好多项目都免税的。"大家都拍手称好，连方丈也赞同，觉得国画事业应该大力支持。

　　那晚的素菜相当不错，而且新鲜，青菜的水分都能吃出来，特别甜。

　　表舅妈问峰："你觉得你是不是也可以做这一行？当他们愿意炒作的画家？这样，自己也能成功啊。"

　　峰没言语，谦虚了句："我这种资历，在他们眼里，就是小儿科的。"

　　他心里很难受，觉得对画作的一种污辱，觉得对那么多默

默无闻耕耘在绘画这个行业，对绘画有种崇高景仰的那些画家画匠的一种伤害。他没法说出他心里的那种堵塞的感觉，他从小爱好绘画，乐此不疲，在夜深人静时，在空旷的自然界里，在拿起画笔在自己的画板上一丝不苟地进行绘画时……他想过成名，哪个画家会不想过成名？他甚至想过他的画作会让多少人流连忘返驻足不前，甚至颠倒众生。可是，他从没想过，绘画成了一种经营的商业方式，牟利的投资理财，甚至一种期货交易。

第四节

1. 深圳

眼看着就要去加拿大了。紫罗兰紧锣密鼓地开始给巴里的签证准备一大堆的资料，巴里报了雅思培训班，开始全面准备英语的分数。

紫罗兰是跑惯这些琐事的。刚来深圳时，巴里的转学，全家人的户籍转迁，买二手房，卖二手房，什么麻烦事她都办过。紫罗兰的名言是，只要对方找你要什么文件资料，你一项项地给他们准备就成，不用生气，不用废话，就实打实地办完这些事，就成了。

巴大里从没操心过这些事，他倒比较逍遥。他现在的任务，就是每回巴里去雅思的新东方培训完后，负责把这小子接回来。

巴里先报个大班，有十个左右的同学，他在班上的年纪竟然是最小，有还在上大学的，有已经大学毕业了的，还有个，竟然是已经工作的，好像在华为还是中兴上着班。巴里不大喜

欢讲话，平常朋友圈里聊天都是听得多说得少，现在弄上英文，更不大想出这个趟。老师挺负责，挨个叫去让他们平分课时的时间来练习口语，后来就有了第一次的考试。

别的也还罢了，口试的时候，碰到一个笑眯眯的老外。巴里倒不怵老外，他们国际部的英文课就是老外教的，所以他泰然自若。那老外考官问他，现在全世界都说垃圾食品不好，但你能告诉我，为什么麦当劳肯德基汉堡王的销量还是如此巨大？

巴里没多思考，直接回答了，因为节省时间啊。如果你说这些快餐店卖的是垃圾食品的话，那我可能是它们的忠实拥护者。因为我不需要花时间成本去想去等吃饭这么头疼的事了。

考官笑笑，其实到餐厅吃饭应该是一种社交方式，就是等上菜的时间，我们也可以互相交流。那你觉得你把这享受美食的时间节省下来了，还有饮食的乐趣吗？或者换一种说法，你节省下来的时间，都愿意去用来干什么呢？

巴里想说，他并不喜欢和别人交流，因为交流的话题可能最有趣味的就是谈论打 DNS 了，但他不能这么说。他说，我们其实可以用来踢踢足球啊。然后，他突然觉得无话可说了。

考官态度一直很好，从头到尾笑眯眯的，还提醒巴里，Sothat?Finished?(就是这样了吗？你回答完了？）巴里点点头。考官就朝他伸了下手，握了握：Enjoy。

紫罗兰有点丧气,指点巴里,你怎么能这样简单地回答呢？你看,考官都说 enjoy。西方人的观点,就是要 Enjoy everything, Enjoy yourlife 的。你记得看过的那部《泰坦尼克号》吗？男主

角不就是一个劲地强调 Enjoy everyday？

巴里考完，本来就有些不自信，被紫罗兰这样一说，有点赌气：我就是不想按照西方人的想法来过我们的日子！

紫罗兰坐在司机副手上，还好，她回下头，忍住了。

窗外，正经过莲花山公园的灯光球场，每个周日，他会和乔治还有别的男生一起约着踢一场足球，球场是要付费的，他们 AA 制。有时候会碰上别的学校的，有时候还会碰上那些上着班的大人，大家会打场比赛，然后汗流浃背地去吃点烧烤或者火锅什么的。然而，……听说它马上就要被停用了，说是属于国家储备用地，现在收回要建高楼，据说是两栋超高层的商业大楼……他们还能去哪里踢足球呢？他们还能在哪里有那种男孩子们的交流呢？他们还能去哪里 Enjoy their life？

理所当然，预料之中，巴里的首次雅思考试没有达到国外大学要求的成绩。紫罗兰说，总算有个经验，然后，马不停蹄地，又给他报了四人小班，后来又给报了一个人的 VIP 班。

乔治和尼古拉斯的情况也差不多，总是掉着半分一分的，上不了规定的分数。巴里有点疲惫了，甚至有些恐惧感。老师说不要紧，因为去了加拿大，还是一样要先读语言学校，要看能拿到 Offer 的学校对英文的具体要求。

就这样，他们慢慢迎来了离开国际班的日子。巴里的心里五味杂陈，新鲜感，恐惧感，什么感觉都涌上来。他还记得自己的初衷，紫罗兰当时让他离开民办高中时，去读这个将来会出国的班，他当时的心情。

他是极不乐意的！

　　紫罗兰和巴大里都非常奇怪："我们那会儿如果有条件，我们父母能让我们出国念书的话，我们都要喜欢得发疯发狂的！"

　　巴里摇头说："我毕竟不是你们！"

　　现在什么时代？他过的日子挺好的，有电脑，有手机，想吃什么吃什么。最主要的，还有说一样话的朋友。他去那么远的国外干什么？

　　紫罗兰叹气，你们现在过得太幸福了！衣来伸手，饭来张口！而且是锦衣华服，山珍海味！

　　最后的时刻，学校组织了一场联谊会，家长基本都到了。学生们非常兴奋，一个一个地品评家长。巴里吩咐过紫罗兰，千万不要化妆，千万不要穿黑丝袜，因为同学会笑话他，现在的家长，如果打扮得像自己的女同学一样，一定会被笑话的！

　　紫罗兰答应了，当晚穿一套宝姿的正统套装出席，还是抹点粉上了口红，穿了肉色丝袜。在阶梯教室开会时，家长必须和自己的孩子坐一道儿。他们编排了一系列的节目，多是英文小品，英语歌演唱，体现了这批国际班孩子的英语水准。然后，乔治尼古拉斯的女班主任率先哭了，老徐也哽咽了，一些女生号啕起来，把紫罗兰弄得颇辛酸。两年的时光，过得也真快，到了国外，美国、加拿大、英国、澳大利亚、新西兰，就分散在世界各地了，再见面，也不知是今夕何夕了。

　　巴里是第一批签证下来的，所以走得最早。一起去的还有尼古拉斯。在蛇口港送的他们，巴大里和紫罗兰遇见了尼古拉斯的父母，还有他的弟弟。

　　紫罗兰和尼古拉斯的妈妈早就电话联系过几次，这回第一

番见面，颇有点感慨，互相客套了许久。巴里和尼古拉斯讲得起劲，大约还是昨晚的网游，另外几个男生也加入进来，一群小伙子说得兴高采烈，完全没理会送别他们的那群可怜的父母。紫罗兰有些羡慕尼古拉斯还有个小弟弟，他妈妈笑着说，他可不喜欢，打弟弟一生出来，他就不高兴，因为别的同学都是独生子，就他还得分享，所以顶不乐意的。紫罗兰想起来，尼古拉斯确实从没谈起过自己的这个弟弟，心里感慨现在这帮孩子的私心到底太重了。

女生们仍旧泪眼涟涟的，和自己的妈妈抱了又抱。到已经托运完行李，准备上船时，紫罗兰到处找巴里，看见他已经混在同学中排在队伍的最前面了。

"巴里——"她有点伤感地叫了句。

巴里回下头，颇不耐烦地朝她摆摆手："你们回吧，我到了那边后，马上给你 QQ 留言。"他转个身，就消失在了入口处。

2. 深圳

小姑父给爸爸打电话过来，听说小姑父家里出了不得了的事情。小姑父的侄女，就是小姑父亲哥的女儿，也在深圳打工。小姑父的亲哥在老家，前段接到一个陌生电话，让无论如何给女儿寄两百元钱过来。小姑父的亲哥开始有点不大相信，怕是骗人的电话，对方说得挺干脆，说是才从看守所放出来，他女儿让她给带话，说在里面什么都得花钱，让怎么也得寄两百元来。小姑父的亲哥刚想详细地问情况，可能两下里言语不通，对方就把电话粗暴地挂掉了。小姑父的亲哥就一遍接一遍地给

女儿电话，怎么拨都是关机状态，心下里真是害怕，就托在这边的帅一家来打探这桩事情。

爸问：看守所？哪个看守所？她到底犯了什么事情，给逮到那种地方去？

小姑父也是又焦急又愁苦：没具体说，好像是龙什么？深圳有什么龙什么看守所的吗？

爸说，我不知道啊，我去问问。

小姑父说，你问准了一定得回个话儿，全家人现在都急疯了，真有一个星期也没联系了。这小妮子，也不知犯什么事儿，多老实的一个闺女呢！

爸顿顿脚，不是让和我一块儿来吗？怎么自己到那里去了？怎么算都是亲戚，哪有自己就跑出来的？

小姑父叹气，谁知道？现在村子里这种年纪的小闺女小媳妇不都往外跑？如果有个伴也好的，以为自己出来久了，就自个儿过来了……

爸没办法，到处打听深圳有个叫龙什么的看守所没有。人家告诉他，是有个龙田看守所，还挺远的，离这边有二三十公里的距离。爸请了假，不敢耽误，颠颠地跑过去。

那天晚上爸回来得早。妈问他，找着妮子没有？爸点头，又摇头，叹着好大的气。说是幸运的，真有个龙田看守所，但没让爸进去，站门口的警卫有两个，对人挺客气，让爸报了妮子的大名，在电脑上帮爸查询，后来说真是妮子被关进去了，还在调查取证阶段，一起关着的好些人，是同一案件，涉嫌做假品牌手机。

爸着急，那和这小妮子有什么关系？要抓也抓老板和带头的啊，她算老几？

警卫脾气挺好的，慢条斯理地解释，那应该不会给她下逮捕证的，关一个月左右就会放出来，她可能也算是个小头目，我看上面她的职位写的是质检员。

爸说见见她，见了人后就放心了。

另一个警卫不耐烦起来，你不懂法是吧？这是看守所，不是你家菜园！进来了，没判决之前，除了律师，谁都不能和犯罪嫌疑人接洽，你不懂啊？

他说话的声音挺横的，本来爸因为前一个警卫对他的好态度，以为这里还能讲点道理，还把他们乡下人拿眼看看，结果，唉，可别真给脸不要脸了。爸听了前一个警卫的建议，给妮子存了两百元钱。人家开单据给他，让他放心，也没什么大不了的事情。那前一个警卫还偷偷地告诉他，现在快到年底了，正是哪个部门都要完成任务的时候，所以抓得严些，也别太为妮子担心。爸千恩万谢地走掉。

妈急火攻心，越想越害怕，对姐姐的内衣厂也问东问西的，因为丫丫也才当上质检。丫丫挺不高兴，每天和姐妹们在一起，过得挺充实，现在又刚升了质检，有些小权力，所以挺上心的。爸也说妈瞎操心，妮子的厂子是做侵权的买卖，所以才犯法的，别的工厂都是正儿八经的呢。

帅笑起来："我姐有男的追她呢！"

丫丫上来就说要撕帅的嘴，爸妈拦下她，问帅到底怎么回事。

帅笑笑地看着姐姐，和姐姐圆睁的杏眼达成同盟，不肯向

爸妈再吐露半点风声。

每天晚上帅都和丫丫住一间屋里，姐姐手机的短信啊，微信聊天啊，哪样他都知道。丫丫还给帅看过那男孩子的相片，长得挺瘦，但精神，五官也很好。

帅还取笑姐姐，配你可有多的，你看你那腿那腰！

丫丫就甩给帅一个大枕头。

丫丫确实长得有些胖，这可要怪妈妈，每晚姐姐回来后，本来在公司里也吃过炒粉盒饭什么的了，可妈妈老怕姐姐饿着，总把晚饭还留出一点，塞给姐姐吃。想啊，妈妈做的饭能不好吃么？姐姐就稀里哗啦地喝下一大碗糊糊，吃一个大馒头。这肉啊，现在就有点长多了。

丫丫说，他才不嫌弃我胖呢，他说我正好，看着就健康。

帅撇嘴，想这个男孩子长得还不错，眼睛可真不怎么好。现在哪有男孩子喜欢胖女孩的？

丫丫还是顾及自己的肉，再不吃妈妈给的夜宵了，每天还拉着帅到河边跑步。

现在那条河修好了，旁边都植了绿被，听说一直流到深圳湾，流到大海里。城市弄得越来越漂亮，桥墩下面还筑了水泥锥，帅看到有个穿着破衣烂衫的男人背着一破包，瞪着眼看那些无法躺下的地面，帅有点可怜他，悄没声息地穿过。

丫丫说，以后不努力，都是这样的，连在大桥下面睡个露天觉都不行。

帅生气，再怎么努力，要是没了家，你不在外面睡，谁会给你地方？

丫丫说，小鲁不会过这种日子的，他说他要努力挣钱，他有个舅舅在西藏做 LED 生意，做得挺好的，他原来就是跟着他舅舅干，舅舅混得挺牛的。

帅说，啥？你要和他一起去西藏吗？我要告诉妈，妈保准不让你和他来往。

丫丫摇头，我不去西藏，听说那儿气候不是一般人能适应，我们准备干点别的小买卖。这边你知道吗？人家潮州人，自小也不是说学习有多好的，也是一大家子的孩子，人家从小就做生意，开间小铺子，一样也是小老板，慢慢地熬，就熬出头了。怎么也是给自己打工，多舒服！挣得的钱全是自己的。

帅问，那现在，读书像你这样说，可真没什么用了？那我们公司的那些办公室里的白领职员们，不都白读那些书了？

丫丫又撇撇嘴，那些办公室的，做销售如果不咋的，挣的钱说不定还没你我多呢，我们怎么样也还有加班费，我们怎么样还可以住宿舍不用自己掏钱。他们如果完不成任务，还得扣钱呢！读书出来的，照样还不是那么少的工钱。他们有些不是特别厉害的大学毕业出来的，那些大公司也不稀罕啊！

帅想起那两个和他一起做过包装的男孩子，他们都起的英文名字，怎么也叫不清楚，他们不光读大学，他们还要去外国读书呢！如果读书像姐姐说得没什么用的话，那人家的父母为什么使着劲地让人家读书呢？可见读书总好些。差不多的年纪，他们似乎就比帅懂得多得多！帅想，自己主要是脑袋太笨了，又不喜欢读书，不然，也能读出个样儿来。他有点想盛辉了，读书和不读书是不一样的，盛辉如果将来考上大学，他就可以

在这里住。帅跑过的那栋大楼，叫人才公寓，听说是特别有本事的读书人住的地方，而且，也是不要房钱的。看吧，读书还是有用的。而且，丫丫的公司可能没有他们厂里的那些工程师，他们厂子里的工程师，真的是好牛的，什么问题在他们手上一捣鼓，就全解决了。怎么样都是读过书的人厉害呢！因为可以解决别人解决不了的问题啊！

丫丫拍拍帅的头，我也可以给你解决问题的，我准备将来开个小饭馆，你就不愁吃了。这可解决了大问题。

帅追着丫丫，好啊，你将来要去当厨子，我要给爸妈讲，你将来一准是个大胖子，所有的厨子都是大胖子！

这下，轮着丫丫来追打帅了，姐弟俩一路跑着又返回来。

3．深圳—御城—深圳

公司来来去去的人特别频繁。有的还没看熟脸呢，就没在公司了。还有的连名字都没叫上来呢，也没在公司了。

老大是个女孩子，张小姐，戴副无框眼镜，额头宽阔，一看就是聪明人，也是武汉过来的，纺织学院毕业，在这家公司已经做了三年。她倒算是专业对口，所以提拔得很快，而且本人又很认真很顽强，拿老板的话来说，是块做事的料。论起年龄来，只不过比峰大两岁，但薪水已经两万多了。听说供着一套房，开着一部小日本的丰田花冠。她是设计部的楷模！大家看到张小姐的现在，觉得应该只要努力，怕也能成为张小姐第二——不是指职位上的，而是她的房子车子，太让人觉得成功指日可待了——有车有房，不就是现在成功学的标志吗？

　　但设计部的人干一段，熬不下来，都散了。说起来，还是太辛苦，而且工作没有挑战性，全是抄大牌的板，给刚入职的对专业充满了幻想、好多还是真正服装设计毕业的应届生，有了现实的当头一棒。

　　相对来说，峰还是可以接受的。他本不是学设计的，只是纯粹的学画画，熬到要吃饭的现状来，不能不屈就自己的专业。他觉得也还可以过得下去。

　　他刚来设计部的时候，当时有辉煌的十二个人。现在，零零散散地走了一批，只剩下他和另三个人成了主力，工作强度越发大了。张小姐召集他们开过会，说还会涨工资的。另三个同事都没什么兴奋劲，有点意兴阑珊的模样。

　　公司不算太大，不过五脏俱全，有些部门虽只一个人，也还是设立着。不过大家平常上班都特别忙，中午只一小时的休息吃饭时间，都来不及互相认识。峰觉得这种状态挺孤独和无趣的。

　　幸亏有个小莫还蛮谈得来。小莫是个湖北妹，这样多少有点共同的地域交集。小莫比一般湖北人要热情些，常常一脸的笑容，对峰尤其好，她是隶属采购部的，可能和外面的人打交道比较多，所以总是和颜悦色。而且，她特别勤快，老帮着别的部门做些她能帮忙的事。采购部平常周六周日不上班，她会给大家煲些汤送过来，尤其是排骨莲藕汤，峰最钟情这款，汤香味浓。

　　小莫说："有好几个同事都去开淘宝店了，听说干得不错呢！"

峰有些好奇："你还和他们都有联络吗？"

小莫笑起来："现在是什么时代啊，QQ、微信、微博，哪里找不着人的？总在互相交流着呢。"

峰问："开淘宝店，他们做什么呢？是服装类吗？"

小莫悄声地："什么都有。有的卖红酒，有的卖面膜。自己慢慢做买卖，总能坚持下来，说不定就成功了呢！"

峰不知道小莫说的成功是什么意思。听说她也是有车有房的，当然，她是有老公和孩子的。可能她觉得这车这房大部分是老公赚来的，不算她的成功。她老公据说是监理，那种路桥公司，听说也是辛苦。小莫也是开车来上班，三十岁不到的年纪，这应该算成功吧？女人的成功，不是还有一说，要嫁个好男人吗？

小莫又捅捅峰，更加小声："我们要不要也试试？我和你搭个档？"

峰"啊"了声，陷入沉思中，不知为什么小莫会选中他。

"我有货源，我们试一试？你电脑可以的，你先到淘宝上去注册个店？"小莫仍旧快马加鞭地。

峰问："做什么类型的？"

小莫说："先做蜂蜜吧。我大伯自己有蜂场。然后，你琢磨琢磨，我们看开家怎么样的店？"

也不知怎么，这事就这样顺利地进行下去了。小莫应该算中国合伙人吧？她一直做采购，知道怎么和供应商打交道。当然，他们的店不只卖蜂蜜，还卖别的衍生品，蜂浆、蜂胶，都有另外的渠道。峰又开家别的店也小试牛刀，卖新奇的消费类

产品，小莫到处找货源，也能把原厂价压下来。峰眼光好，搜到的东西总能小卖一场。虽然更加累了，但因为有了新意，而且有了自己做主的感觉，倒觉得特别快乐。

生意算顺利的。不管是蜂蜜、蜂胶、蜂王浆之类的，还是数码电子消费类产品，因为不用压货，倒没什么经济上的压力。慢慢地，峰有了点盈余的小钱，觉得原来想也不敢想的自己做生意，劈头盖脸地就来了。

一年很快又过去了。

又到过年时节，峰本来不想回去过年的，车票太难买了。这年头，别的城市的人据说都在谈论股票，只有深圳，像倾巢而出的候鸟一样，全从中国最南方的火车站，铺天盖地往各个方向跑，西方、东方、北方。而且，自从那年上大学后，他其实真的很怕回家，很怕遇上小芸，很怕看到小芸那丝嘲讽的眼色。

但心洁下了死命令：你得回去！我们要把关系理清楚了！

并没先回御城，反正要经过商丘。在商丘停留了一晚，心洁在一家酒店开了房，专程接待他。心洁说："我爸妈已经给我下了通牒，一定要定亲了！你无论如何，这趟初三让你父母到我家来提亲。"

峰有点慌："这么早就结婚吗？我才二十三呢！"

心洁有点冷，斩钉截铁地："可我已经二十六了！你总得为我想想。我们要拖多久？我爸妈早不乐意了，到现在，连你的面也没见过呢！"

峰说："我得先问问我爸妈啊。"

心洁起身，转头，一字一顿地说："这没什么可商量的。我真的岁数大了，我们也处了那么久，该到谈婚论嫁的年龄。然后，好好仔细地想一想，将来的日子，将来的路！"

峰还想说什么，到底不敢，就吞吞吐吐地应承了。

妈当然不愿意，也觉得太早了。爸没说什么，只说女方家条件不错，也这么多年感情，女方逼婚是情有可原的。妈生气："这么大年龄，你为啥和她谈下的？"

峰不吭气，过好久，才嗫嚅地说："年龄其实不是问题的。"又央求妈，"你在她家，脸色放好点。不是你说老话说的，低头娶媳妇吗？"

妈没峰想得那么厉害，毕竟人家家里有钱有势的，到了商丘，看到那套在一座高档小区顶层、两层半的复式房，妈本来虚张声势的一点傲气，就给打击得烟消云散了。

家里摆的席，是请的两个大厨一手操办的，食材新鲜，小锅炒，味道完全不一样。爸一见到茅台，人就傻掉一撮，只顾瞎扯酒话，没一句上得台面的。峰又顿时在未来的岳父岳母前矮了一截。

四个大人在客厅里就把他们的婚事张罗了。说好过了年五一就结婚，然后问两个孩子将来的安置。心洁说，就武汉吧，我在武汉发展得很好。深圳什么都贵，峰也没准备在那边混什么的。

心洁的母亲说，那就在武汉买套房吧。我们出这个钱，权当嫁妆。你们男方，至少张罗套像样的家具。而且，我弟弟还准备送心洁一辆车，三十万以内的，随她挑。

妈和爸连声说，这怎么好，这怎么好！？

心洁的母亲说，虽说是儿女亲家，但还是把话说在前头。现在兴什么婚前公证一类的，年轻人，太没意思了。我们不作兴这些。但，房子车子毕竟是我们送给心洁的，所以，还是要写心洁的名字。

妈说，那是应该的，应该的！

爸稍微有点不高兴，一家人，讲那么明干什么！爸还是因为仗着酒劲吧？如果清醒，断也不敢这样说。

心洁的爸说，其实，他们以后还是回来的好，我也就这么一个女儿，将来的产业不靠她靠谁？他们愿意在外地大城市混，开拓下眼光，见识下世面，都是好的，只当丰富自己的阅历。

爸妈仍旧唯唯诺诺地应了。这次，爸听到产业，连别的抱怨也没有了，只剩下答应的份。

峰呆呆地坐着，想着这场婚事的主角，自己倒是局外人，不免嘴角漾出一丝冷笑来。

第三章　2014～2015

第一节

1. 多伦多

已经有段日子了，巴里从习惯慢慢觉得不习惯。真奇怪，好像书上道理上讲的都是在陌生地方，慢慢会从不习惯到习惯，他竟然是反着来的。

不是在多伦多的市区内，而是稍微比较偏的一个小镇，大约离多伦多市区还有四十多分钟的大巴车程呢。当时，学校派辆大巴从机场拉他们回来时，都要了一个多小时。简而言之，他到了地方，有那么一点失望，因为，偏！

这应该算是国内所称呼的语言学校，就是先加强英语的学习及运用，以确保进入真正大学后的听课的能力，然后还学习加拿大历史及入本地大学所要求的课程的达标。两个人一间宿舍，他和一个来自俄罗斯的男孩子分到一块儿。尼古拉斯和乔

治分别分到另两栋宿舍楼里。

吃对巴里来说，是很容易就开怀了。在家的时候，父母很不愿意他吃所谓的垃圾食物，紫罗兰说过她听着他喜欢吃麦当劳肯德基汉堡王或者必胜客，就深恶痛绝。而且，因为他们这代人普遍长得比巴大里、紫罗兰同年龄段时要高大威猛得多，紫罗兰把这一切正面的成长竟然归咎于垃圾食品的副作用。

但是，吃了两周这样的每天几乎一成不变的食物后，他们真的突然非常想念家里的食物了。约了原来同校的一帮人，打电话叫了两部的士，一前一后来到城中心的一家中餐馆，各人点了自己满怀爱情的菜品：鱼香肉丝、宫保鸡丁、醋熘里脊，竟然还有人点了酸辣土豆丝。那个带点四川口音的老板娘对他们挺好的，还加了个水煮豆腐丝送他们。说起来，和国内的正宗料理还是有点不同，但这些远走他乡的小子丫头们，倒都还能凑合自己的胃口，和记忆妥协了。他们很流畅地舒展着自己的胳膊腿，个个打着有点夸张的饱嗝。和以往一样，摊开账单，算 AA 后要平摊的钱。

有时候，巴大里他们这辈人谈论起来，就很不赞成巴里他们这代人这种 AA 制的做法，巴大里说，把感情都 AA 没了。他们想当年再怎么穷，就是喝点粥，也没说过要同学分摊费用的。巴里当时顶嘴，那是，你们只是喝点粥，我们一起吃，有人会叫阿拉斯加帝王蟹的！巴大里说，好朋友在一起，一顿两顿便餐，或者帮忙买本书买只牙膏什么的，还要分摊费用或让人家还钱的？巴里说，没负担了啊，不都是拿你们这些父母的

钱来花销，装什么穷大方呢。巴大里听了这话挺生气，骂巴里一句，不过，巴里从没觉得巴大里的曾经的过往经验，能够用在他现今的生活中。

然后，说是想消消食，有个就说走一截回去，他们也好久没这样聚过了，打散后分在不同的班里，互相也想找个机会多交流一下。他们还多少记得点路，虽然多伦多的天，这会儿很早就暗下来。

在两个红灯口，有个魁梧的男人直接过街了，还有个推婴儿车的高个子的女人也置若罔闻地扬长而过——当然，确实没有来往的车辆。巴里马上用 iphone 把这两个人拍摄了下来。尼古拉斯问他，干什么呢？想上社会新闻，得报料奖励吗？尼古拉斯原来告诉过他，他父亲公司那个包装线上的小伙子的爹，有时候就是靠到处报料新闻来赚取收入的。乔治也笑，拍这些干什么？老外违规吗？然后乔治指了远处有个乱扔烟头的大汉，让巴里把那人也拍下来。巴里迟了一步，没拍上，像狗仔队一样到处看，天倒很快黑下来，路上行人特别少了，他们和前面的同学拉开了距离，这让他们有些害怕，步子快起来。

巴里说，我是想发给老妈看看，我老妈总是说国外的什么都好，干净了，守法了，不会中国式的过马路了。我就什么都不说，把这些图片让她看看。

尼古拉斯也说，我也发给我爸妈看看，他们一样的，老说外国的太阳都是圆的。巴里笑起来，是月亮好不好？尼古拉斯也笑，是，说错了，外国的月亮在他们看来全是圆的，不然，

他们不会让我们出国来。

巴里叹一口气，谁想出来啊！

尼古拉斯也叹气，一样的，谁想出来啊！你看，国外这么破，这么旧，刚才那家饭店，连 WiFi 都没有，谁知道他们是怎么想的，一个劲地想让我们出来。还说，如果当年他们的父母能让他们出来，他们当时会喜得疯掉的。

巴里说，是的，一点也没意思，而且，怎么这么少的人，简直荒凉透了！

他们四下看看，确实没有人，而且相当安静。周边的最多两层的 House 里，像多少年多少代都没有过人迹一样，只有些北方的植物倔强地生长着。而且，乔治也不知道走到哪里去了。

后面对侧的街道上，有一堆人影在影影绰绰地移动，有火星在他们中间闪耀，应该是抽着烟的一群人。而且，嗓门也大起来，是细碎的英语，说得相当快。Chinese?Japanese?No,Chinese.

巴里听了些碎片，有点慌张。口气严肃起来，叫尼古拉斯不要回头。尼古拉斯说，是白人，还有俩老黑，一帮小烂仔，年纪应该比我们小。

巴里说，人可比我们多。

声音很快就追上来，听得清有些乱乱的，然后，有石子冲他们飞过来，一颗，两颗，再一颗。

尼古拉斯现在不敢回头了，问巴里，要不要跑？

巴里的步子早快起来，急促促地说，不要跑，走得快一点，我们要追上我们的人。他听到几句，甚至觉得自己的听力真的

很快适应了加拿大的小镇口音：中国人，滚回你们自己的国家去……

他们很快追上了同伴们，那几个在前面，悠悠闲闲的，乔治早混在他们当中，每人也都抽着一支烟。勾肩搭背，放浪形骸，好像脚下踩的就是祖国的大地一般。

老外没再追赶他们，扔些石子后，就落下步子，也许转角是他们的目的地或者家，反正他们没再撵那两个连头也不肯回一下步履匆匆的中国仔。巴里和尼古拉斯，心有灵犀一般，没把这件事给任何人提起。

有时候，屈辱其实是一种秘密。

尼古拉斯比巴里心胸宽广，他说，其实只不过是一群小混混，深圳的小混混比他们更胡闹呢。

巴里没吭气，深圳的混混从来没说过，滚回你们中国去！深圳的混混和加拿大的混混有国际主义的区别。

他疲惫地回到宿舍，倦怠地倒下床去。俄罗斯的那个男孩子在另一床铺位上埋头听耳机，音乐声从那边飘过来，好像是林肯公园的那首很早的《whati've done》，就像巴里几乎不怎么听中文流行曲一样，看来这个来自俄罗斯的男孩子，其实也不怎么听他们那已经世界闻名的 VITAS 的歌曲了，大家都想进入主流的英语世界里，电影、音乐、文化，连网游上风靡的，也是英语的通用语。

巴里靠在床头，看下表，现在紫罗兰大概已经吃完晚饭，酝酿晚跑的节奏了。他不想给她说这桩事，一点也不想说。

2. 深圳

帅现在在公司一般不和爸打交道，觉得爸是另一辈的人，反正爸有他那一档子的朋友。帅在公司里也有自己的朋友。送货的小王，大家都叫他王胖，就是帅的好兄弟。

王胖其实是老板的亲侄子，也是上回来公司帮忙做包装的那个小伙子的堂哥。他们俩不怎么说话，照说是堂兄弟，应该特别亲，不知为什么，他们倒透着生分，并没多少话。

王胖和公司里别的同事的话却挺多。

王胖一般也没什么事儿干，就是送货，或者去采购的时候要拉货，也或者，公司谁要去接客户了，谁私下要搬家了，意思就是要用车的话，大家一般都找王胖，因为王胖手上管着两部车，一部可以运货的大面包，一部可以接客人的商务车。

据说王胖刚来公司的时候一点也不胖，帅看过他原来的相片，那时候的王胖长得挺精神的，还真是个帅哥，透着一股机灵劲儿。听说也是初中毕业就从老家过来投奔叔叔。叔叔开始挺器重他的，还让他去念过书，花了四千多元去北大青鸟读什么计算机，然后就稀里糊涂地上完了课。有一次公司的电脑不行了，老板让王胖修理下，王胖便等下了班，把电脑搬到他的桌子上，怎么看也怎么不明白，便打通电话，让楼下的修理计算机的人过来，花了一百块钱，重装一遍就好了。

老板后来知道，挺生气也挺无奈地骂过王胖，说王胖是个猪脑壳，真正是白交了那么多学费，大约全上课打瞌睡去了。

后来王胖笑着对帅说，他叔讲得一点也没错，他是真听不懂，每天晚上就是混时间，两个小时的课，他坐在那里就可以睡上两小时。把帅都逗乐了。

王胖确实不是学习的料，幸亏还拿了驾照，开起车来还算行。但他最怕的是扣分，说要是分扣完了，他可得重考，他可是考了三次才拿到驾照的，而且是笔考，说得老是长吁短叹的。

可他又喜欢每天扎在电脑前看小说，全是网上的武侠小说。帅有时候问他，这种你又看得进了？王胖点头，就是，不知道为什么就是看这个带劲。帅其实也喜欢看武侠小说，原来上学时，还老租书看呢，里面刀光剑影，江湖像一个大家庭，伸一伸腿，就可以走一番乾坤。

王胖早结婚了，还有个快上小学的儿子。王胖的媳妇也是公司里的，在仓库里干，人蛮好的，大家都叫她嫂子。她其实岁数不大，不过大家都这样叫她，也习惯了，就连爸这样年纪的，也都唤她嫂子，好像她的真名实姓没人知道了。

每年冬天，快过年的时候，王胖就和嫂子一同回老家。每年夏天，王胖的爹妈带着王胖的儿子会从湖南来看他们，小儿子长得挺好的，虎头虎脑，大家伙儿也都挺喜欢他。王胖从来不麻烦他的叔，就给自己的爸妈和儿子另租间小公寓，在工业区里边的旅馆里，挺干净，还有空调，还有电视，休息日一家子还开了公司的车去大梅沙玩，其乐融融。

有次帅问王胖，你爸妈，不是咱老板的亲哥亲嫂吗？咱老板没让你们去自己家住？王胖说，那有什么意思？我爸妈

带孩子是来和我一家团圆的，我是他们的儿子，理应住我这边的。我叔我婶倒客气过好多少次，让我爸妈住他们那边。那边又远，孩子来了我还是见不着，而且别人家里总顾虑多，这样，多好！

帅在想，王胖他们还是过得挺好的，爸妈过来一个多月住公寓里，得花三四千块呢。帅自己的爸妈肯定心疼这钱，绝对舍不得。

帅有次和爸妈叨咕这事儿，爸说，你还没成家，还没给你盖上好房子，等你像王胖那样成了家，有了孩子，也可以这样过。

王胖还好喝酒，但量不算太大，帅见过他喝醉。还是那次他爸妈过来的时候，他和最好的几个老乡，在公司食堂里让帅的妈给张罗的一桌菜，五个男孩子，喝掉六瓶白沙液，王胖立马就醉了。开始还行，还认识帅，还对着帅笑笑地说，你给拿几个包子来，我的心有点烧得慌。帅起身，问食堂还有没包子？食堂早没人了，搁在锅里的倒有些焖饭。帅转身回来问王胖，米饭行不行？

结果王胖正拍着桌子和他爸耍横，王胖说："你儿能给你丢脸不？我们五个，"他拿出手指头，看自己粗粗壮壮像小红薯一样的手指头，"喝掉几瓶？六瓶，"他又掰出另一只手的一个指头，"你现在知道我的厉害吧？我可给你争脸了！"

他爸对着大家伙儿讪讪地笑，转而说他："你就别逞能了，我已经看到你的出息了，你可以了！"他妈生气，但还是顾着王胖的脸面，对着一伙的人："你看这给闹的，像出喜剧一样！"

只嫂子不在乎，嗑着瓜子在食堂里搂着孩子看一出连续剧，完全不管这边的闹腾。

后来王胖真不行了，全吐了。到夜里，他爸抬不动他，跑到宿舍里叫了好几个男工帮着把他送到急诊室去，吊了瓶才缓过劲来。

这场闹，给全公司都留下取笑王胖的引子。王胖脾气好，只说自己当时真什么也不记得了。

帅有次问他："怎么喝那么多酒就算给你爸争脸了呢？"

王胖正色道："在我们那儿，喝酒可不能认怂。我喝下去这么多，酒量这般好，当然给我爸争面子的！"

帅想了想，不知道自己怎样才算能给爸争面子，但绝不会是像王胖这样，把自己喝个半死，这种酒量就算出息吗？人活着，就是这一点上进心吗？他觉得自己应该多想想事情了。

王胖比帅大十岁，算是帅的老大哥。在公司虽是老板的亲侄子，但从不拿腔作势，对人特别好。所以这也是大家都喜欢他的原因。

王胖却还有个理想，他希望能再生个孩子，管他男孩女孩呢，只要再生一个就好，给独生子做伴儿！嫂子也曾有几次动静，好像后来就不行了，一直没再怀上。嫂子好像对再生个孩子一点也不上心，嫂子有时闲聊，就说，要往好了养才行呢！如果生出来也不好好地上进，那还不如不生呢！而且，现在小孩子花销那么大，有个儿子就得了！

帅有时候也会想到自己，爸老说自己是三代单传，将来这

生儿子的重担可就又压在帅的肩上。帅有时候觉得，真没意思，就为了个儿子？然后为了个儿子怎么样呢？帅倒说不上来了。

王胖有时候高兴了，会给他们讲下自己的过去。他老是称自己是哥，哥当年很苦的，还去菜场拉过咸菜，那味儿真冲，一辈子想起来就泛恶心。哥还去河北，在山里边帮人开矿，伙食不错，菜也香，就是哥吃不惯那面食，而且后来说，那挖出的矿里的金属是有毒的，哥再多干几年，可能小命就没了。哥还在餐馆干过，当水案，就是帮人家杀猪宰羊，现在都觉得难受，血水老是横流一地，骨头又脏又臭。现在哥挺满足的，哥过的日子你们没过过，哥现在真是挺知足的，多享福啊！

王胖有次等红绿灯的时候都睡着了，被人告了，还抄了牌。他现在过得是舒服，开车都能睡觉。

帅想想，不知道王胖觉得现在的这般好日子，是不是就是自己追求的将来？他哆嗦了一下，越想越觉得不情愿。

3. 深圳

过年后递交的辞职报告。老大张小姐在电脑上还忙着，抬下戴着眼镜的眼睛，瞟一眼峰递过来的辞职信，面上没有任何表情。

峰站了一会儿，等着张小姐把手上的事处理完，键盘在她细嫩葱白般的手指间翻飞。好一会儿，她停下来，认真地看一眼峰："那就按公司规定，再多干一个月吧，手头的活儿交接下。"峰忙点头应承。

中午吃饭的时候，张小姐主动到峰的桌边。这是家大食堂，在这座写字楼的地下室，好多公司的员工都到这边吃。饭菜不贵，主要是挺卫生，每人一份饭，有点像大学时代的公共食堂，但明显没有大学时候那么聒噪。成年人，都变得不爱讲话了？

张小姐吃饭的时候也是挺直腰杆的，小口小口地，咀嚼完嘴里的食物，才问："是要到别家公司吗？跳槽了？"

峰忙摇头："不是的。"

张小姐说："其实哪家公司都一样。不过你出去见识一下也好，出来混，总得多见点世面。"

峰摇头摇得更厉害了："真不是的。"

张小姐端起托盘，峰连忙把她的拿过来，和自己的一起放在回收处。张小姐说："出去转一下吧？"

两个人就来到一楼，有点安静的停车场。现在是二月，也不大热，但是春风里有湿潮的感觉。张小姐从包里拿出一支烟，给自己点上。峰也拿出自己的烟，给点上。设计部的，不管男女都吸烟，这是在大学就养成的习惯，都知道对身体不好，但没办法，到了夜里要用脑子，要熬着，没有一点烟提神，是熬不下来的。

张小姐说："其实我挺看重你的，性子不错，而且，人也勤快。现在这世界，最需要的就是勤快人了。我也说实话，因为得要人干活啊！"

峰点点头："我是自己出去做，开家小淘宝店，每天这样累，还不如早点给自己打工呢，反正也是累。"

张小姐诧异地看看他："一个人吗？没有合伙人的？"

峰没再吭气。小莫要晚两个月才递辞呈，这段时间她老公在家，还没出去干活儿，婆婆公公都来深圳过的年，说好要待在她这边，给她带孩子。她要等她老公出去做事后，才能把自己的状况理清，辞职，和峰一起守淘宝小店。现在她有个堂妹过来了，正没什么事可干，可以先到峰那边来帮下手，打个杂什么的。淘宝店他们开了四个多月，已经初具雏形。峰想辞职，也是因为眼见着小店生意好起来，他还得做推广，如果再在公司里干活，怕是绝对忙不过来了。

张小姐说："你联系电话联系方式不要变，我可能以后还要找你的。说不定，我们也能合伙的。"

峰忙说："你有我 QQ 和微信的，这两个总不会变的。"

张小姐就掐灭烟头，先自回去。

小店就在峰租的房间里，货品摆满了小小的客厅，分门别类，货架是和小莫在宜家淘的。小莫对供应商那边熟，峰只要发觉网上有什么热销的产品，发给小莫，小莫总能找到相应的供货商。

小小莫，就是小莫的堂妹，早上九点会过来，看昨天夜里峰接下的单子，把产品装好，然后帮着包装，电话联系货代。这中间，小小莫还做两顿饭，挺简单的三个菜，有时候会加一道汤。小小莫也有孩子，还在老家呢，算留守儿童。她老公跟着小莫的老公做路桥项目，听说工钱还可以，但唯一的问题是，像小莫一样，年轻轻的夫妻，不能每日相守，多少有些寂寞。

小小莫倒笑，什么呢？都老夫老妻了，现在还是赚点钱吧，老了再守一块儿，也没事的。

峰会开几句小小莫的玩笑，你才多大？还老夫老妻呢。小小莫就傻笑一阵。她的最大理想，就是再生个孩子，然后和老公盘下间小食品店，像街口那家隆江猪脚店一样，每天生意也不错的。家里反正有几亩地，到老了回去，还能种点菜。

小小莫说，现在的小夫妻，有很多像我们这样的，分居惯了，也没什么。不都是先要赚点钱努点力，以后的事，以后再说吧。

峰时常想念心洁，想她现在在做什么？心洁现在没原来那样爱成天给他电话了。那趟双方父母见过面后，这么多年头一次，峰对心洁发了顿小小的脾气："你们家怎么什么都做主了？谁说我将来要去武汉的？谁说我将来还要回商丘的？你爸的生意我哪懂的？我怎么可能接你爸的生意？你怎么能不问下我，就把什么都安排好了呢？"

心洁也怒了："那你是准备怎么样？就这样耗着？两地恋？你是年轻，我可不小了，我不想这样拖着。我的青春，全耗在最美的时光里，独自一个人的相处中了。"

峰顿了顿："我不会那么早结婚的。"

心洁呆了半晌，半天才说："如果这样，我们就下决心断了吧。你自己决定，我什么都能接受，就是不能接受这样耗着。"

他一直没给心洁再谈这件事。他真不想这么早结婚，真不想这么早和心洁过那种死水一般的日子。可是为什么和心洁过的就会是死水一般的日子呢？心洁是个不错的女孩子，一直那

么情真意切地对待他，而峰，他竟然觉得和心洁的相处是死水一般的日子？他是一直在躲着心洁吗，才会在心洁的城市里扎不下根来，才想避免和心洁的天天见面？

　　小莫下班后过来，有时候会给他们带一只口水鸡，有时候会给他们带点周黑鸭，然后火急火燎地加入他们的包装里去。峰在包装上有讲究，专门定了他自己设计的包装纸，每件货里面不光有张特制的心意卡，还会有个别出心裁的小礼物，有时候是一种特色铅笔，有时候是一截记事小卡本，有时候是一种带邮票的明信片。他对包装的打结法都有专门的规定，那个结不知道他怎么学来的，总能打出一朵盛开的玫瑰一样。小小莫说，这样打出来，我要是买家，我都舍不得拆开货物了。峰说，就让他们有这种感觉，会感觉和体谅我们的用心啊。小莫挺欣赏峰的，一直认为峰在这上面精益求精，虽然有点拖沓，但真的每件都像艺术品，包装好了后，恨不得自己也欣赏半天。

　　前面几个月小试牛刀的时候，他们卖过蜂蜜，也卖过红酒。包装上，峰一直要求很严格，还力劝小莫的伯父把蜂蜜蜂王浆蜂胶的罐子也换掉，然后做成像高档礼品一样的。卖红酒的时候，也是劝供应商把包装换成木盒的，刻上篆体，或者把酒标弄成金属状的。蜂蜜和红酒，都没让他们囤货，所以当时压力不大，但因为理念不同，没有干下去。想啊，小莫的伯父，一个蜂农，只想自己的产品不错，酒香不怕巷子深的，哪里能赞同那种买椟还珠似的包装？红酒商倒咿咿呀呀的，不置可否，但那么多酒，他不可能再下如此本钱。所以后来这两行生意，峰他们就没再接着做了。

　　互联网上的产品那么多，那么新奇，他们总有自己的眼界，

拾遗补阙地做下自己的生意。

只是妈那边有强烈的不满："画了那么多年的画，得了那么多的奖，还上了那么好的学校，不都白学了？白上了？还以为你终于能安定下来，工资拿那么多，比我们干了一辈子的人拿的要翻了几倍，你又不干了？唉——"

妈长出一口气，有多少不解和不安。峰每天和妈打电话，告诉她他想做自己喜欢的事，深圳有那么多机会，现在有那么好的平台，全民创业，他正赶上了最好的时代。

第二节

1. 多伦多

学习开始明显得紧张起来。紫罗兰几乎每天都会和巴里视频，问问学习状况，也会告诉他原来同学的一些情况——天知道，他早断了联系的那帮同学，紫罗兰竟然一直在家长群里，透过家长们的交流，对对方孩子的现状无一不知。谁谁谁考上深大了，谁谁谁考上暨大了，还有谁谁谁上了中大。当然，紫罗兰老家的那批同学的孩子，就更厉害，还有个上了清华的，另一个是中科大自主招生进去的。

巴里很不愿意听这些，有时候很想刺挠下紫罗兰，那些她没说的同学呢？是不是也就上了深圳高职院？或者连高职院都上不了的呢？

有一晚，正视频着，俄罗斯同住者进入了画面中，还给紫罗兰打声招呼，巴里随口敷衍几句什么，那俄罗斯同住者便出

去了。紫罗兰马上兴致盎然，一连串地问：你怎么不和他多处处？还能学点俄语呢？和不同国家的人做朋友多好啊！他成绩很差吗？真的数学就像传说中的那么差？

巴里很正经地告诉紫罗兰：我不想在学校住了。我想去Homestay。

紫罗兰吃惊：为什么？这不是住得挺好的，还有国际生呢！

巴里加重语气：他往宿舍带女孩子来过夜的，我可受不了那个吵！

紫罗兰在对面的朦胧的视频下看不真切表情，但明显地感觉到，她被巴里用的这个"吵"字吓了一跳。过一会儿，她结结巴巴地答应了。巴里感觉她有点心思，她是不是觉得从来没想到她的儿子已经这样大了？OMG，我都十八了，好不好？有什么不知道的，又有什么不能知道的？只是再知道，也没这么开放的姿态，好不好！？

住在一个叫伦敦的小城里。加拿大真是英联邦的国家，好像当时殖民者过来的时候一定要满足思乡情绪一样，把好多小镇都沿用英国的许多地名。

房主是个孤身老太太，看着皮肤皱皱巴巴，但手脚却麻利而灵活。巴里第一次和她打交道，她就给巴里定下许多规矩，连小便前一定要把马桶圈翻起都说到了，而且口气挺不好，让巴里差点打消和她住一起的信心。

她让巴里叫她吕丝小姐，不是莉丝，不是萝丝，而是吕丝，光这个口音就校正巴里好多遍，似乎挺不满，说是如果连人家

的名字都吐不准的话，就是明显的不尊重。她说自己的祖上其实是法国人，本来确实应该在法语区像蒙特利尔这种地方居住的（她可能看到巴里不经意的疑问表情，来个先发制人的解说了），但她因为有些原因，私人的原因，往这边过来了，也一直很好。

巴里不大喜欢打搅她，知道她有点事多，比紫罗兰的事儿还多，而且又是老人。在中国，被教育尊老的文明他还是保持着，所以，一心只想顺着她，把交了的三个月的房租克制地租完，希望中介能帮他再找一家年轻点的房主。

吕丝小姐给巴里做饭，有时候会挺体贴地问巴里想吃点什么合口味的东西。巴里一向好说话，出门在外，不知怎么民族情结爱国情绪大涨，只不想丢中国人的脸，能凑合就总想凑合过去，不想麻烦这好像自以为优越血统的前法国祖宗后加拿大居民的老太太。

吕丝小姐不在乎巴里的这种客气，总毫不犹豫地给他布置任务，让巴里帮忙给院子里的花园锄杂草，还让巴里往一个特别的小瓶里放蜂蜜水，然后倒扣挂到院里的那棵树上，说是给来往的蜂鸟饮水喝。

有一天，她兴致不知怎么来了，竟然买来一大块肋排，小心地腌制，让巴里把后院的烤炉插上电，她做顿丰盛的 Barbecue 给巴里饕餮了一顿大餐。

那天，她精心地布置她的餐桌，换成勾花的亚麻台布，一溜排地放置一堆的刀刀叉叉，个人的位置上，有好几种酒杯。

巴里眼都花了。吕丝小姐教授巴里怎么用那些餐具，怎么优雅地切肉，怎么小口地放置到自己的嘴巴里，怎么用红酒配红肉，白酒配白肉。巴里差点笑岔了气。吕丝小姐很严肃地说，我本来打算给你做一顿法式大餐的，想来你平常的饮食习惯，可能并不适合那些味道，反而糟蹋了美食，所以就用烤肉来教你一点西餐的礼仪，你竟然一点也不求上进，觉得好笑？

巴里因为尝了烤肉的美味，味道确实调制得相当符合他的胃口，吕丝小姐应该是动了心思的，不免真心感激。对她突然的变脸，倒不想顶撞。

文明不光在吃的上面，也在任何方面，行走，买卖，衣着。不要因为这是个快节奏的社会，就把一切文明都抛弃了。吕丝小姐很严肃地说。有钱也买不来任何文明。她又加一句。

有次和尼古拉斯聊起吕丝小姐，尼古拉斯劝巴里，你还是别在这家 Homestay 了，真是委屈。因为晚间过了十一点，吕丝小姐不允许巴里再开启电脑，而且绝对不允许在家里大呼小叫地打网游。所以，这段时间，巴里的游戏已经荒疏了。

乔治也说，花了钱，还找个主来看管自己，这不是反向么？要知道，乔治激昂地说，你可是给她钱的，你可是养着她的，你可是她的客户，怎么也得她听你的啊！

巴里不吭声，想起自己的奶奶，大约也和吕丝小姐差不多的岁数，生了那么多孩子，还得脸色讪讪地讨好每一个她生下来一泡屎一泡尿带大的娃儿。

有次他和小紫罗兰视频。现在小紫罗兰去了英国，和自己

的亲妈在一块儿，在考文垂附近的一家语言学校读书，聊起将来的打算，准备学艺术，考当地的一家艺术学院。说起来，小紫罗兰好像和自己的亲生母亲在一起也不是特别舒服，语气里流露些消沉和虚无。巴里不太会规劝人家，特别是女同学，只好听她发泄，对将来前景其实无着落的一种落寞的发泄。小紫罗兰那天有点高兴了，告诉巴里，你身后那个房东老太太刚站你后面看你半天。巴里回转身，吕丝小姐已经没在了。巴里也只好笑，她喜欢偷窥我隐私吧？她好多规矩呢！两个同学隔着那么浩瀚的大西洋说了些无关痛痒的话，然后各自下线，关了视频。

吕丝小姐全不避讳自己偷瞧了巴里视频的事儿，在那顿只有吐司和一堆土豆的晚饭上，吕丝小姐问他："刚才那女孩子是你女朋友吗？"巴里愣住，忙摇头："怎么会？只是同学啊。"

吕丝小姐说："她把你当恋人呢。女孩子看恋人的眼神就是那样的，不管是白人黑人黄种人，不管是欧洲亚洲还是非洲，那种眼神是世界大同的。"

巴里真想笑了："根本不是那么回事的，真是很要好的同学呢！"

吕丝小姐放下涂抹黄油的小刀，眼神直盯盯地看着巴里："不管这个时代怎样快捷，我们吃一顿饭的时间，人家已经吃了三四顿麦当劳了，但，你可得记住，这个文明的时代，爱情可不是消费品！要像尊重食物一样地尊重爱情！"巴里不大明白尊重食物是什么意思，想来和吕丝小姐从来不浪费是一样的意

思。但是爱情，他确实没有感觉到啊，他要如何尊重呢？他想辩驳来着，陡然看见吕丝小姐眼里有隐隐的泪花。想起有次和紫罗兰聊到她，紫罗兰当时听说这是个老小姐的时候，眼神也很空蒙地纠结好半天，只是说，根据她的经验，一辈子没结婚的女子，你一定要体谅她——因为她可能有一段非常凄美绝望的爱情。紫罗兰可能想把她知道的某个老小姐的故事告诉巴里，巴里却不想听。巴里还没经过爱情呢，他还没尝过爱情的美好呢，他为什么要知道爱情那么多负面的故事呢？

那天晚上，他倒是想起了那个叫曾光的女孩子，她去一家澳门的大学读酒店管理，他记得他给紫罗兰提过曾光上的大学专业。当时紫罗兰严肃起来，说，你好好学你的习吧，这样的女孩子，和你不是一路人的！酒店管理？她将来要碰到大老板的机会太多了，你不是她的型！

可是为什么就不能是呢？像吕丝说的，如果一个人尊重爱情像尊重食物一样，这个文明的社会还是会一如既往的啊！

然后巴里有点心事重重了，想起曾光和他一样，并没有尊重过食物吧？而且，他也觉得酸腐了些，食物能和爱情一起相提并论吗？

2．深圳

这年过年，全家人都回去了一趟。

爷爷埋在圈起来的一个公墓里。所谓公墓，其实也是私人承包的。因为现在都不让土葬，所以就集中在一处地方埋葬。

爸当时选了埋的人多的一处地方,离家里有三十多分钟的车程。埋的人多, 感觉就热闹些, 爷爷在那边便不寂寞。全家人都到新坟去磕了头。

回去最主要还有一项目的, 丫丫的婚事要订下来。那边的大人也催得急, 小鲁家里已经托下媒人, 来择日子定亲。

爸本来还想缓一缓, 说想等爷爷三年孝满后再论。爸其实舍不得丫丫这么早就说婆家, 也不想让村里邻舍还有亲戚们笑话自己不懂事。但奶奶发话, 奶奶说, 家里没那些破规矩了, 女孩子既然自己早谈好, 就不要放在家里, 让她赶紧嫁了好, 免得以后的事情多。奶奶平常蛮温和的, 这件事上却决断, 一定要把亲定下来。帅想, 可能是奶奶听他说多了闲话, 在深圳, 丫丫每天都和那小鲁泡在一起。

初三摆酒, 小鲁家也过来一起待的客。就在家后面的院子里, 布了六道长条桌, 房里还摆了两桌正席。酒喝尽一瓶又一瓶, 男方家的, 女方家的, 开始还客客气气, 后来拼酒, 就耍性子, 较起真来。有些话说得不到地方, 左不过利民不好啊, 横围也不好啊——横围是小鲁的家, 离利民有一个多小时呢。然后两拨人开始扯起来发横。

小鲁的爹一直不高兴, 脸垮着, 因为给的礼钱太多了, 送了十万, 妈和爸商量, 还礼回给一万二, 这样说起来好听, 八万八。但这个数目是利民给女方聘礼的最高数目了, 丫丫拿了个冠军!

奶奶不高兴, 说爸不该接这么些钱。前一句嘀咕你卖女儿

啊？后一句就说你把这价提起来了，利民别的女孩子怎么嫁呢，你让利民别的男孩子要出多少聘礼钱呢？再后就是叨咕丫丫收下这么多礼钱，怕以后在婆家抬不起身段。说是自由恋爱，如果男方家烦了，一句话不叮死你！

爸嘻嘻哈哈地，劝了奶奶半天。妈也不高兴奶奶的唠叨，本来面子上挺有光的事儿，被奶奶叨咕得落下阴影了。

大姑也劝奶奶，我们刘家的姑娘哪里差了？媒人传话给他们家，是同意了才自个儿给的啊，我们又没人拿刀拿枪地逼他们家。

奶奶不再吭气。看着一拨一拨喝醉酒的爷们，红着眼赤着眉，奶奶在旁边小声地对帅说，你看人家亲家爹，一直不怎么高兴呢！这待客的酒，也是人家拿来的。说起来还了一万二的礼钱，又耗在这上面。人家也是一个子儿一个子儿挣下来的，哪里那么乐意这样铺销呢？

帅觉得，姐姐挺给他们争脸的。他倒一点也没担心姐姐会像奶奶说的那样，收了太多的礼钱会到婆家受气。小鲁对姐姐好着呢，百依百顺。

帅只是觉得如果姐姐出嫁了，家里可就越来越不热闹了。听说小鲁家给他们在县城买套房，挺大的房子，有二十万呢！

帅还担心的是，小鲁家里都在西藏给小鲁的舅舅做着生意，那边说是挺赚钱的，现在看着也有点像，不然哪里来的那么大的手笔呢？又给那么多礼钱，又给姐姐买房。但妈妈说丫丫，就是结了婚，也不许去西藏，那得多远啊，那我都见不着你了。

姐姐笑着不吭气。

过年后，小鲁和姐姐仍旧一道回的深圳，还在个人原来厂子里干着。爸问小鲁有什么打算，爸想让小鲁也来他们的厂子里干，彼此有个照应。但小鲁没表态，对爸挺礼貌，叔长叔短的，就是没给个正经话。爸没法子逼他，想着他一家人还是待在西藏，对丫丫的去处真有些担忧。

丫丫倒乐呵，怪道她怎么也减不下来肥。现在她早放弃跑步了，想吃就吃，想喝还是喝。丫丫对帅说，她婆婆就是看她福相，立马相中的。帅对丫丫使怪相，丫丫也不恼。

那你将来怎么办呢？帅问姐姐。

结婚，然后生个孩子。最好两个，头一个女孩，后一个男孩，像咱俩一样。这样姐弟才亲。所有的姊妹关系里，姐弟是最好的了。对不对，帅？丫丫大大咧咧的，实话描绘她自己的将来。

还是先生男孩好，你看咱翠姐，想生男孩，生得多辛苦。翠姐是大姑家的女儿，比丫丫大七岁，早结婚了，头胎是个女儿，婆家就拉长了脸，后来可着劲地生，吃了好多的苦，打掉四个了，第四个都看出是男孩了，结果偏不发育，死在腹中。翠姐这时伤了心，也认命了。翠姐的婆婆气得哭爹喊娘，说是天不降子于他家。翠姐安安心心地怀了最后一个，也没再去照影，生下那天才知道的，真也仍旧是个女儿。翠姐的公公气得摔碎了家里的两只碗，也还不是认命了？

我和翠姐不一样，小鲁有个哥，他哥反正有男娃娃了。丫

丫不想提翠姐的事，其实挺害怕的，也挺堵心。翠姐每次流产她都去看过，翠姐脸如死人一样地白，说真不是人过的日子。

现在丫丫定亲了，也就是鲁家的人。帅觉得姐姐还没到二十，已经把一辈子都过完了，心里觉得凄凉。厂子里有好多结婚有孩子的小嫂子，都是离家来深圳打工的。有的年纪大一点，把孩子也一起带过来，就在旁边的私立小学校读书，讲普通话，穿一样的深圳市统一校服，其实也蛮好的。像王胖和嫂子，就有这个打算的。嫂子还流露，将来如果混好了，就在深圳安家，因为深圳的气候好，不像家里面那么冷。嫂子说她们湖南老家那边是真冷，冷到骨头里去了，所以特别好吃辣，辣得发热汗，就不那么冷了。嫂子说她原来在老家每年都冻手，她拿出手来，看出留下冻伤的紫色瘀痕，嫂子说她喜欢深圳。

帅也喜欢深圳，喜欢大家都来自不一样的地方，却讲同一样的话，喜欢这边的人不好喝酒，在公车上也都特别有礼貌。撞了人，都是人家先说对不起。帅喜欢这样，是的，这就是人家说的文明。

帅有时候看着王胖，想自己是不是以后也这样子？可是王胖是老板的亲戚，所以他只要做自己分内的事情，老板也应该顺其自然的。但帅如果这样一辈子下去，老板会容下他吗？如果不进步，不努力，他能在这座他喜欢的城市待下去吗？

车间里都是这样的年轻人，今天在这家工厂工作，明天有老乡过来，或者朋友约，就跑到另一家工厂去上班了。反正哪家的薪水也都差不多，年轻人可能最计较的是在哪里谈得来。

他们有时候一起约着在大排档喝点啤酒，一起在工余时跑到楼梯间抽支烟，一起约着上网吧打网游比赛。生活还是蛮好的。但是这样过着过着，是不是就把一辈子过没了呢？

小谭说，人如果没有理想，不是和咸鱼一个样？车间里的人都笑话小谭，偷偷地说小谭其实精神有毛病。但帅不这么认为，帅觉得小谭真和他们不一样！

小谭就是那个会玩电脑的小组长。他和帅一样，高中没毕业就过来的，但他喜欢钻，喜欢闷着头鼓捣这个鼓捣那个，一旦公司有台电脑分给车间这边，工人们就争先恐后地想玩网游，想看个连续剧。就小谭，他又是杀毒，又是重装，把台电脑生生地玩得就像他自己的身体一样，默契熟悉得不得了。所以，现在公司里只要有谁的电脑不行了，下不了文件，解密不了文档，传不了资料，或者，连不上打印机，都去找小谭。连白领那边的办公室也都来找小谭。王胖原来学的算白花钱了，小谭自学倒成才了！这是有次老板在旁边看着小谭帮公司装新的打印机，然后让每个办公室成员都能接上打印机打印文件后发的感慨。

小谭话不多，挺酷。老板这样一表扬，他更酷了，绷着脸，也不说话也不笑，挺像个有本事的人的模样。把帅羡慕死了。

帅想，什么时候我能像小谭这样就可以了。

小谭说，你当然能，只要你用心！

帅挠挠脑袋，我用心也没用啊，我……笨啊！

小谭冷冷地对着帅，你用心就不一样！你一定要想着，你

和他们不一样！

帅看看生产线上，大家都挺用心地干着自己的活儿，有洗板的，有组装的，有焊锡的，有测试的，虽然说说笑笑，也没耽误自己手上的活儿。帅想，我怎么能和他们不一样？！

3. 深圳

师兄在做亚马逊，主销体育用品。师兄是在商丘上高中时认识的，是和心洁一个班的。师兄和峰的艺术课是一个门下，所以挺熟络。

师兄是夏县的，离御城不远，但是农村乡下的，本来是绝无可能搞绘画这一行，因为确实没钱玩这些，但师兄拼命要考出来，文科理科都不行，拖了两三年，怎么也上不了大学的门，马上就转投艺术类，没想到，老师看他的手笔，觉得他的艺术细胞相当不错，画法也精妙，倒比科班出身、从小浸淫此的那些学生多些粗糙的灵气。这下一考就中，上了美院。然后来深圳，原来在一家广告公司做文案，后来辞职，和另一个认识的老乡开了这家电子商店。

峰特别想取经。师兄约了他，偏僻的一处关外，在一群稀稀落落的城中村里，竖着一片高楼，在这片高楼里，又在中间开辟些联体别墅群。师兄的公司就设在这里。峰一看，挺不错，占地面积不大，但楼上楼下包括地下室，一共有五层之多。仓库、办公间、宿舍，全有了。而且，租金相对要低廉许多，和峰在市内租的那个一室一厅，竟然差不多价格。师兄说，你想

做大了，也到这边来开公司吧。这片和那片——师兄指着马路对面一样高楼群立的地方，好多这种联体别墅，当初业主可能炒房来着，所以很少有真正住这片的，他们都租给我们这种做电子商务的，那片，特别多的淘宝公司。而且，师兄又指着西边说，那片工业区后的不太高的农民房，好多的快递公司，都是应时而生的，因为这片的快递业务好，过来抢占地盘的。

峰心里有些憧憬，觉得以后能在这边干，也是不错的选择。师兄指着那片工业区，你别小瞧这些地方，这是世界眼镜的出口制造地，多少名牌大牌的代工，都是这里的。世界五分之四的眼镜，都产自这片地方。师兄慨叹一声，深圳真是这点好，一片看似不起眼的荒凉之地，都是诞生世界消费品的地方，真的不光是电子中心，而且也是生产和贸易的中心。师兄拍着峰的肩膀，只要你肯干，总能有机会。

峰很想问问关于如何开亚马逊的网站，如何推广外贸事业，他想将来也许自己也要对外做生意的。深圳是个巨大的贸易港口，对面就是香港，不对外做生意，真有点浪费自己在这片的土地资源了。

但师兄打呵呵，并不想多讲那些。

晚饭是师兄请的客。妈知道这个人，不太喜欢他，每天一通的电话打到峰这边，知道峰和这个师兄在一块儿，多少有些不高兴。原因是高中在一起投师时，老师让他们接个报社做版面的活儿，结果峰画完了，回御城，师兄就把酬劳全自己占了，只是请峰吃顿麻辣烫而已。妈在电话那边提醒峰，让他少和师

兄来往。峰很怕师兄听见妈那边的絮絮叨叨，含糊一阵，便把电话挂了。

一伙四五个人，还有帮师兄做外销网站的那个老乡，一起去吃火锅，点了几瓶啤酒，几个年轻人，在一起谈着将来的前景，相当乐观。做亚马逊，他们今年的生意确实不错，而且体育用品在国外很好销，毕竟中国的产品价格实在太有优势，现在厂商又多，质量越发能把控得很好。

师兄已经看不出来当年那个农村小伙子的窘境。他又长高了，河南人的魁梧和英气显现出来。这天他喝高了，回忆起自己在农村时的生活，家里穷，还好能揭开锅，来过一个考到北京的亲戚，和他随便聊天，说起从农村到大都市的苦，但脸上还是甜蜜的。临走亲戚给他留下一本英汉字典，说将来还是读书才有出路，农村孩子凭什么拉分呢？只能死记硬背英文单词，或许还有高出别人分数的希望来出头。当年他就是这样的。

师兄说，所以你们不相信吧，我一个农村出来的，每天帮着爹爹看猪圈，你们知道猪圈吗？有时候母猪下了崽，自己稀里糊涂，侧个身就把小猪崽——自己的孩子压死一只了，那可是一笔一笔的钱，比自己压断腿压伤胳膊还心疼。我就在那边搭着一个小棚，守着我们家的猪，一点一点地翻看那本英文字典，一个单词一个单词背完的。

峰知道师兄英语底子不错，不过没想到师兄能把整本英文字典完整地背下来。难怪他敢做亚马逊，即使不能和老外聊天，写邮件却是一点问题也没有。所以干任何事，前面辛苦的铺垫

都是有回报和有用的。

他们这帮算是有想法的年轻人，敢自己开拓疆土。师兄丢给他几本书，全是翻烂的，《对自己狠一点，离成功近一点》《做最好的自己》《梦在青春在》《卡耐基：人性的弱点》《犹太人的智慧全集》等等。师兄说："读一读吧，对自己很有启示的，实话告诉你，我就是读了这些，真的感觉像打了鸡血一样。"师兄手头还有几本马云的，或者说是讲马云的，他没把那些借给峰，可能现在正沉浸在马云教授的成功学里：我的成功你当然可以复制。他还需要反复探索，反复聆听，反复研读。

小莫对师兄也不是特别有好感，总觉得师兄有小农般的小气，还有点搞艺术类的那点多愁善感和妄自尊大。这些评价，峰觉得特别好玩，问起小莫，自己有没有这些毛病？小莫没吭气，悄悄地低首笑一下，小小莫在旁边插一句："你可能没那些毛病，但是你特别爱臭美！"

峰笑起来，可能他一直对穿着和脸面比较看重，有自己的想法，他高中时就把头发披到肩上，烫成大波浪，从头顶往两边撮一小股头发，再结到后面束起来。也是在高中就穿了耳洞，钉个水钻的耳钉在那上面。他穿战靴，穿露趾高腰靴，衣服上用油彩自己涂鸦。她们要是看到他原来的那副艺术样，不吓坏了？

峰说："你们可得理解搞艺术的，他们和常人不一样。他们活在自己的世界里，认为别的一切都特别俗。"

他要不要告诉她们，他一对特别好的恋人，为了某个纪念

日拍照，只是希望在那一天有个相同的发型，男的女的全剃了光头？还有个平常娇弱的女孩子，因为某天心绪不好，把自己的眉毛拔个精光？他的某个校友，为了行为艺术，把自己埋在沙下，双手托举一个呱呱乱哭的婴儿达两小时之久？

小小莫听得目瞪口呆。

她问："你也是这样过来的吗？这么奇怪的生活？"

所有的艺术都是要用心去体验的，甚至要用生命来去注释的。

可是现在，他妥协下来，因为，他有现实的生活，他需要告诉所有人，他也是要过一种正常日子的。就像师兄，老师曾评价过师兄，灵气逼人。有些才能，真的是老天爷给的，祖宗赏下的吃饭的本事。然而，现在这个社会，祖宗和老天爷眷顾他们，给的这些才能和本事，甚至都没办法管饱一天三顿。

心洁这时候又是一通电话过来："我不想逼你。但你必须给我回复了。我就要个答案！"

峰没办法言语。

心洁说："好吧，我也不难为你。你痛快利索的，直接说：结还是不结？"

峰停了下，说："不结……"后面本来还有一大串解释呢，但心洁已经挂了电话，手机传来嗡嗡嗡的声音。峰叹口气，拿着手机发呆半天。

一个小时后，他们正在忙着发货呢，心洁又电话过来。她骂得很凶，连峰都没听清她骂的是什么，只是觉得口气相当凌

厉，语调却又极端颤抖。心洁那边大约气疯了。峰没办法解释，当着小莫小小莫的面，还有那个收快递小弟的面，只好让心洁咆哮了好一阵。心洁又把电话先挂掉了。

这样来回几次，每隔半小时，四十分钟，一小时，心洁就来一通电话，所有的怨毒所有的恶语都骂遍了。

"你别以为我不知道你怎么上的大学的，你的文化课根本就不行！你给院里送了多少钱才摆平的，求爹爹告奶奶，死乞白赖地拿着那些不当屁用的获奖证，哭天抹泪地证明你的画画才华，还好意思说什么因为专业成绩优异，所以破格录取？我要把你的底兜个朝天翻！你等着吧……"

这一次，是峰把手机主动给挂断了。

第三节

1. 多伦多

这段时间和紫罗兰聊得比较多，其实巴大里每回也在场，因为申请学校已经开始了，巴里就算自己有主张，也还是得征求父母的意见。

乔治可能不能继续留在加拿大了，一是学习太差，怎么也考不过英联邦国家那些大学要求的最低英语分数要求，二是学费和生活费比想象中的开销要大一些。他好像提过，父母最近在闹离婚，简直让人匪夷所思，这么大把年纪了，还弄这种时髦玩意？父母感情的不稳定，直接影响了他的学习和在国外的

开销，所以他有点愤愤地，想不通一个独生子也会遭遇这种境地，而且，照他的话说，再有几年，他都该有孩子让他父母给带了！

巴里不置可否，班级里听说离婚家庭也不是一个两个，比如他从来没告诉过他们的小紫罗兰的情况，并不是因为独生子，父母的感情就会稳定。从他小学时起，他的两个顶要好的朋友的家长也离了婚，那个时候，巴里也是害怕的，讲了同学的事后，也威胁过紫罗兰和巴大里，如若他们也选择离婚，他是会从家里的四楼阳台纵身下跃的。当时紫罗兰和巴大里还笑个不停。可是现在，将心比心，他也不清楚如果家庭遭遇这种变故，会不会像乔治那样愤恨不已。他是旁观者清，和尼古拉斯说起来，觉得乔治把学习不好的事情推到父母婚姻的变故上，倒多少显得有点推卸自己的责任。

尼古拉斯无所谓，对他来说，一切别人的事都远在天边，与己无关。他现在在操心他的一次上台表演。来多伦多后，学业并不是唯一的事情。尼古拉斯参加了一个小音乐团体，买了一把萨克斯管，每天花两个小时操练他的艺术，倒过得其乐融融。他希望乔治和巴里到时候能去广场看一下他的表演，那是他第一次在公众场合的上台。乔治和巴里都有些兴味索然，无可无不可地没给个确定的话。

巴大里说是给巴里做参考，结果现在视频一对话，他就把紫罗兰挤在一边，苦口婆心地劝巴里报商科。

商科是多数留学生的选择，据说可选择的学校多，而且说

就业的机会多——不知他们想的是以后回国的就业机会，还是说留在加拿大的就业机会。巴里老觉得他们，那些他的中国同学们，把好多年后的事想得太靠前了，而在巴里看来，人还是要现实一些好，先想着眼前的事吧。

乔治没办法继续在加拿大混了。他现在学会了抽烟，而且抽得挺凶。巴里小时候抽过一次，觉得味道实在不敢恭维，当时可能上初中二年级，浪费了半支，回来也给紫罗兰提起过。紫罗兰还好，没觉得是什么大不了的事儿，并没有呵责他，再加上巴里觉得吸烟太花钱，所以也就一直没有赶这个所谓"成长"的时髦。乔治说他会回国，和他父母详细谈一下他的前途，实在不行，回国先把英文补习好，准备再去澳大利亚。巴里有点伤感，觉得处了两三年友谊的朋友，从此天各一方，过早地有了沧桑的感觉。

尼古拉斯不大在意，他想修的是历史或者文学。大家都觉得奇怪，不知道尼古拉斯哪根筋触动，会对加拿大的历史或者文学感了兴趣。尼古拉斯很瞧不起他们，说在这所语言学校，学得最感兴趣的就是加拿大建国史，真是航海史侵略史民族史民主史的大一同的大开眼界。而且，你们当真不知道，去年诺贝尔文学奖的获得者就是加拿大的女作家吗？何况，她就住在安大略，离我们非常近的一个小镇上，他要去看看她！

巴里觉得尼古拉斯有点活出他们之外了，这个一天到晚打网游打到晨昏颠倒、饮食不思的家伙，竟然还对文学，对艺术，对他国的历史，有着如此浓厚的兴趣？

　　你总得干点实实在在的事吧？巴里教训下尼古拉斯，谁让他比他小的？尼古拉斯还说这趟回国休暑假的话，他要骑车从深圳去拉萨。巴里早就想让他省省心思。

　　我得干点我自己喜欢的事啊！就是全世界认为我错了，又如何？尼古拉斯反驳巴里的时候，非常嚣张，好像世界真在他手中一样。

　　但这番话让巴里有了想法。

　　他从来就不想学商科，他从来没对商业发生任何兴趣，金融、国际商务、市场营销、房地产管理……听着多么乏味和俗气，他可不想这一生跟这些去打交道，像巴大里所说的，容易成功，容易有个稳定饭碗的工作，去这样生活一辈子。

　　你怎么能去学计算机呢？你知道有多难吗？而且，那可是吃青春饭的，到了一定年龄，你没办法设计程序的，一辈子，最多也就是，现在不是流行这个词吗，可是个贬义词，码农！你知道吗？农民的农！你知道这含义吧？巴大里相当激动，坚决不让巴里去报什么计算机科目的专业。

　　可是我喜欢。巴里也坚决。

　　不是你喜欢的事！这可是关乎你一辈子的事！

　　我就是希望一辈子能搞计算机，一辈子能和电脑打交道。

　　你搞哪行不是和电脑打交道呢？现在哪一行离得了电脑的？你就只是喜欢打游戏，也不至于非要学计算机啊？啊？巴大里叫起来。

　　我才不是想打游戏就学计算机呢！巴里觉得挺伤人的，也

叫起来。

我告诉你，你的学费可是我付的，你得按我的来！巴大里竟然拍了桌子，在视频那端叫起来。

巴里觉得这可太伤自尊了，什么话！又想起吕丝小姐冷冷地嘲笑过他们中国留学生：还要靠父母的全额资助才能读完大学的？那能读得好吗？那是在为你们的父母学习的吧？毕竟他们是你们的完全投资人啊！

巴里的眼泪都快掉出来。这一次，他一定不要再听巴大里的了。他本来是不想出国的，巴大里非自作主张地让他出了国，而且，他出国，本来也不是想来加拿大的，巴大里非让他来了加拿大。现在，他的大学专业，他的将来和前途，以后的吃饭家伙，……他总得有点自己的决定！

他不让我读计算机，那我就回国！巴里用这招开始威胁紫罗兰。幸亏，还有紫罗兰这个退路。押一下妈妈这个宝吧！

紫罗兰想了想，答应了，前提是，你必须得到 Offer！那么，不管哪个专业，我现在都可以打包票说，全力支持你！

巴里问，学费的话，你也可以供给我？

紫罗兰点点头，没问题！

巴里嗫嚅一下，我到时候会找份工来打，不会让你太为难的。

紫罗兰笑起来，好吧，那我就真的太幸福了！

巴里听出紫罗兰的话里有揶揄的成分，不想再和妈妈较劲，开始全力为那所能够给他 Offer 的大学而拼命起来。

2. 深圳

爸维修部里有个袁师傅，比爸略大两岁，家是湖北的，平常就挺傲气的，不怎么和人来往。因为是维修部的主管吧，据说什么产品的毛病到他手上，只要技术部给他分解出来，他立马就可以解决。老板挺器重他，据说他从来没提加薪水的事儿，老板到时间就会给他涨工资，很害怕他走一样。

袁师傅有个大儿子，已经快毕业了，在武汉大学读生物系还是生理系，反正是个很有名的大学很有名的专业。大家都说袁师傅因为手艺好，所以把自己端得挺高的，后面儿子也争气，将来肯定是个科学家的料，绝对能挣上大钱的，所以袁师傅憧憬着自己将来的地位，比这一班流水线上的工人都地位高，而且也绝对比办公室的那帮子每天浑浑噩噩过日子的小白领们混得好。所以大家就在袁师傅高挺的鼻梁下自觉地矮着脑袋。现在，袁师傅越来越牛哄哄，刚接到消息，说小儿子又考上华中科技大学了。袁师傅去老板办公室申请员工助学补助时，消息便传开来。老板说，这可是件天大的好事儿！中午让阿姨多加了香酥炸鸡腿，每人可以吃俩，算给袁师傅庆贺下。

袁师傅在食堂里，凑在他身边得着鸡腿的一帮小年轻们，仰慕地有点巴结他。袁师傅今天高兴，说，因为家里负担大，本来小儿子的分数都够得着清华北大的，但北京消费太高了，还是省城花销少，所以屈就读了在武汉的大学。

袁师傅很少这样开心。正好老板来吃午饭的时候比平常早，

看着大伙儿围着袁师傅，老板笑笑地说："公司是有这个政策的。谁家的孩子考上一类大学，公司每年可以资助五千元。"大家就欢呼起来，说老板真是不错。

其实听说，能得到这个政策的，公司开业这么多年，也就袁师傅一个。公司本来年纪大的师傅也不算太多，但爸脸上有点讪讪的，看看帅在旁边也没心没肺地闹腾，就把帅拽到一边，狠狠地嘟囔他："你瞎掺和什么？有本事你也让我得着个五千元的奖励啊！"

帅马上灰了脸，默默到一边啃鸡腿去了。爸想想，可能觉得有点伤着帅了，把自己的鸡腿又扒拉一个到帅的碗里："各人有各人的命，你也别当回事。路是自己走的，学着做个老实人就行。"

王胖的媳妇也过来，说他："帅，你可别和人家比，人比人，气死人的。我爸能和我叔比吗？一比还能活不？别太在意了，啊？"嫂子也给帅又添一个鸡腿。嫂子嘴里的爸是王胖的爸，也是老板的亲哥，老板就是嫂子嘴里的叔。帅见过王胖的爸，这年带着帅的孩子才来过，听说当时也是学习不上心，后来参军，炊事兵，学得一手做菜的好手艺，老想开饭店来着，但又不是操心的命，又没本钱，现在就在家，给家里做饭吃，心情也特别好。那段来公司，每晚在食堂用小灶给王胖还有嫂子们做小菜吃，有两趟帅也蹭过，味道其实挺不错的。

嫂子说："读书和没读书是不一样的，努力和不努力也是不一样的。还有呢，运气也有不一样的。"

帅点点头。

但小谭不是这么认为的。

小谭挺钻的，业务也不错，而且喜欢琢磨事儿。所以小谭有时候谈起袁师傅的两个儿子，多少有些不服。他说："那年学校高考，我本来是差点免试进入大学的，后来运气背，约人打场群架，受了很大的处分，然后，那边的大学也没消息了。你要知道，那可是复旦！"

帅不知道复旦在哪里，但听着耳熟，好像是比武大和华中科技大学还要牛。帅一直替小谭可惜，觉得小谭的才能被埋没了。包装组的人都笑，说只有帅信小谭的那些鬼话，说小谭脑袋里有毛病，是妄想症。

小谭并没有妄想症，帅觉得自己知道。小谭就和别的工人不一样，小谭不怎么合群，喜欢看书，也喜欢趴在电脑上鼓捣好多东西。小谭从不像别的工人那样，有点钱会点电脑就钻到网吧里，不是打游戏，就是看武打剧穿越剧，或者买烟抽，装得酷酷的样子，以为自己真是个风生水起的人物了。

小谭真的会修电脑，他要么就去查电脑书，查得晕头转向的时候，也会直接找度娘（他们都管百度叫度娘），好多麻烦事儿就在小谭的手头上鼓捣好了呢。帅特别佩服小谭。帅因为也喜欢这个电脑，所以特别佩服能把这电脑玩得转的人。帅觉得公司那些小白领还不如小谭呢，有时候电脑稍微出不了画面，或者下载不了什么文件，又或者打不开什么网页，他们就大惊小怪地唤技术部的工程师去修，工程师们有自己手头的活儿，

还得开发新产品，还得搞研究什么的，不想管他们觉得不算太重要的事儿，就总是委派小谭去给他们解决。小谭每回愣一下，点点头，到办公室那边去，有时候两个小时，有时候也就半个小时，回来了。帅问："修得了吗？"

小谭慢慢地点点头。小谭点头的样子帅也特别倾慕，好像这算哪门子事儿啊，哪有我解决不了的？

帅问小谭："能教我不？"

小谭看看帅，转头又去干他的活儿，临了，才闷声说一句："首先，你得有台电脑啊！"

帅开始磨着爸妈给他买一台电脑回来。家里的钱其实都交给妈，但家里有什么重大的决定时，还是爸拿主意。爸会说："孩子他妈，你把钱取出来，给买个……"帅希望爸也能给他买个……

但爸不同意，爸说，你要那玩意干什么？咱也就是一般家庭，又不能用电脑干什么事情。人家有电脑的都是什么人？你哪里就想学他们呢？

帅说，王胖还专门学过电脑的。电脑其实是门技术，不是用来玩和显摆的。

爸说，电脑是他们会用的人用来工作的，你又不用电脑工作，你要那玩意儿不是浪费钱吗？

妈想想，有点心疼委屈地低着脑袋的帅："也不是什么不得了的东西，我看现在哪个小青年，都会鼓捣那个，你让咱家的帅也时兴一次嘛。"

爸想想，到底心疼儿子，帅从不要求别的东西，除开那一次发了疯地出走，家里人差点魂都吓没了，帅基本上是个懂事的孩子，没有做过什么出格的事。他如果那么想要一台电脑，给他买下也不算太大的事儿吧？

他和小谭一起去的电脑城，都是听小谭的建议，选了台价格是爸给的最高限额的，配置比较好的电脑。小谭其实眼睛也红，觉得帅挺下本钱，还摇着脑袋羡慕帅的父母那么通情达理。

小谭说："要想系统地学，还是上个课比较好。这样，才有老师指导。"

帅想着不可能再找爸要学费学这个了，帅说，我自己努点力，你从最简单的教我就行了。小谭笑起来，碰着什么解决什么呗，不会的话，就去查度娘啊！

帅每天宝贝一样地抱着他的电脑，出门吃饭都带上。车间里的小年轻也觉得帅有些过了，何必呢，又不是白领，每天拎着台手提电脑像什么样子？帅不理会他们，想起自己刚上小学的时候，每天也背着小书包去上学，姐姐过来接他，让他把书包递过来，他死活不肯呢。

帅觉得他的学生生涯应该又要开始了。

当年就是不想学习才逃学的，现在终于有了真正感兴趣的东西想去钻研，又凭什么不可以呢？

3. 深圳

但是实际上，算下成本，他们这几个月应该是亏损了。

有时候自己开公司，没点准备是不行的，何况，他们对财务方面一窍不通，只会算算进账出账，根本不知道如何核销成本。表舅妈托自己公司的一个财务帮他们看了看，让账做明细些，结果把所有的流水账一交出，发现什么都应算在成本里，小小莫的薪水、进货费用、租房费用、水电费用、饭菜费用，就连出去取件的费用都一一算出来，然后，他们看见清清楚楚的账目后，傻了眼。这几个月，他们不光没挣到钱，真还赔上了自己的一点积蓄。

那个和蔼可亲却斩钉截铁的财务告诉他们，这才只是明细账。如果真做账务账的话，应该越发明显，但怕他们看不懂财务报表，而且，这样小的公司，反正电子商务现在还没存在税务问题，所以就从表面上能看出自己的盈利或是负盈利了。

小莫说："我们的生意其实挺好的，不算多么红火，但进价低，卖价也还行。以为售出价减掉进货价，再减一些必需的费用，就行了。反正是我们两个人的买卖。"现在这淘宝站，按当时的约定，就是小莫和峰两个人各出百分之五十开始运营的。小小莫每月拿薪水，不算入股。

峰有点沮丧，这几个月，真算白忙活了。不过，又不可能再去请财务，只能先像那个过来帮他们看账的财务所说的，自己把明细账和流水账做好，然后再定价，才知道自己真否赚钱呢。

妈妈每天打电话问峰的情况，听着声音特别担心。唯一有点释怀的是，峰最后终于和心洁断了关系。妈说："我不是很喜

欢那女孩子，女孩子的父母，那么咄咄逼人，又是个独闺女，将来那意思，我真怕你给她们家做上门女婿。我这辈子，算白养你一场了……"

峰说："别提这事了，怪难受的。"

妈说："我知道你是个好孩子，动了心思的，但是，我还是觉得不般配。"

峰不想再提心洁了，那趟以后，他们冷了一段时间，后来心洁还是主动打过电话来："总是相识一场，你别太往心里去了，我那天说的话全都是气话。"

峰说："我知道的。"

心洁说："你别记恨我，我是刀子嘴豆腐心。我哪能做出那么卑鄙的事情呢？你放心好了。我也是只愿你好的……"

峰叹口气："其实是我卑鄙，不然，人家也不会那样小瞧我。"他指的是小芸，小芸知道那件事的始终，所以眼睛里总是对峰流露出完全的不屑，那眼神总是在说，你有什么了不起的？你上大学根本就不是凭的真正本事！

但心洁误会了，以为峰说的是她，手机那边竟是啜啜泣泣肝肠寸断的声音："我不是有心的，真的，你原谅我吧……"然后她又哭着说，"我们再也回不到从前了吗？"

峰不想说什么，停了半晌，等她哭得消停点，自己就把电话给挂了。

他什么都得从零开始，甚至从负数开始了。

小莫是温柔的。因为经营这几个月，竟然还赔本的事，不

但没有像别的女孩子那样大惊小怪，寸土必争，斤斤计较，或者迁怒旁人，还安慰峰："我们总会好起来的。你看，我们其实生意不错的，可能真是经营不善。才开始干呢，哪有一开头就一帆风顺的道理？"

小莫的老公已经出去了，她和老公是同乡，老公是中专毕业，但会这门手艺，对建筑上面的事颇通。现在路桥生意特别好，国家哪儿哪都在抓基础建设，现在是城市向农村扩张，大都市向郊区扩张，小城市向农村扩张，所以只要找到项目，他们的路桥队总是有干不完的活儿，而且，老公的堂兄正好又负责这块，只要搞定了上面，总有好处轮着他们。

小莫的生活其实挺好的。

她在深圳关外有套房，原来有些偏，但这两年深圳发展得相当迅速，房价已经翻了两三倍，而且还在学区内，将来她的孩子入学都不用愁的。面积也大，有一百一十多平方米，公公婆婆过来，帮她照顾孩子，空间丝毫不逼仄，绰绰有余。她自己还有辆小车。在这边，才三十岁不到的年纪，有车有房，怎么也算成功的标志了。

但小莫，还是想做点自己的事情，也可以往高了说，叫事业。小莫说，如果女人没有自己的一片田，指靠男人，那总有一天靠不住的。而且，有了自己的事业，生命都觉得好打发了。她说家里也有一帮过得还可以的同学，老公也能挣，有了孩子后就没再上班了，现在天天打点小麻将，慨叹一辈子实在太长。

峰听着小莫给他的絮絮之语。小莫的声音是典型的南方普

通话，有点糯，但挺磁的，让人慢慢地可以安抚下来。

可是事情总是一件一件地跟着倒霉。这天有个买家，因为快递误单，就给他们的淘宝小店评了差评，而且评语很不客气。峰怎么和她解释都没用，她把短信和货运信息都上传了，直接差评。事情其实是当地的快递代理店，因为一直只有两个伙计，有个前天骑电动车撞了，伤了自己的腿。快递店主急得毛焦火辣，还得给客户送货，还得头疼这个伙计的伤势问题，伙计说是工伤，要店主全赔。店主就耽误些生意和送单的活儿。峰查到那边，看货运信息显示货物早已到目的地，但一直没有刷新消息，仍在派送状态中，峰让店主赶快查货，结果店主也不知道货扔到哪里去了，已经一团乱麻。这些情况，买家知道，但无法理解，明明已经到了自己的地界儿，宝贝还不送过来，那种焦急也火烧火燎的，后来再不想听峰的解释，就做成差评，一点商量余地都没有。

差评对他们这种刚开不久的小店，有不算致命但却是伤筋动骨的打击。淘宝管理层已经开始对峰他们做了警告，扣了信用分值，这两天买家一下子少了许多。然后，房东过来，心平气和地告诉他们，房租要涨价了。已经一年，按当时订下的合同，要涨至少百分之十。房东说，看你们年轻人，自己也不容易，就只涨百分之八吧，现在房租都像火箭一样地往上冲，我已经不错了。峰只好同意。

物业也在那天晚一点的时候过来，收物业费，水电费，峰交完钱，摸摸口袋，只剩下四元四角了。那天生意很不好，他

早早地打发走了小小莫，自己在网上和几个买家聊，本来也快成单的，后来就没有下文了，峰知道，一定是那个差评影响了他。妈这时候打电话过来，说怎么又把她的工资给取了？妈妈的工资卡一直放在他身上，他其实工作后很少用妈妈的卡了，他希望有一天，他能给妈妈的工资卡上每回存点钱，让妈觉得可真没白养育他一场。是傍晚出去买盒饭时，他实在没有钱了，在楼下的邮政储蓄 ATM 机里，取了妈妈的五百元钱，后来又交了物管和水电垃圾费什么的，就剩那几个零钱了。他随便和妈支吾下，妈问他，你是不是现在过得特别不好啊？生意是不是不行啊？他说，哪里的话，我只是刚才急用，取的，没想到你那边也办了手机提示，一下子就知道了。

挂了妈的电话，他突然觉得悲从中来，看着摆在面前的四元四角，突然觉得不吉利。

小莫这时候过来，问他今天怎么样？

他不想说话，半天才说："是不是有暗示啊？四啊四的，意思是我们的小店要死掉了？"

小莫愣住，明白峰指的是什么，笑起来，拿起那些零钞："你傻啊，入乡随俗呗，四在潮汕人那里，是最吉利的数字呢，成双成对，四四好呢！"

峰仰着头问小莫："真的吗？那我们为什么这么难呢？"

小莫笑起来："难什么难？万事都是开头难的，我们已经不错了。没鞋子的人遇到没有脚的人前，总觉得自己是最苦难的！"

峰突然就趴在小莫的身上，呜呜地哭泣起来。

第四节

1. 温哥华

在多伦多已经联系好，温哥华那边自有人接，就是当时在网站上接洽好的替巴里找了单间房子的学长，刘遥。下飞机就见到他，挺高的个儿，很魁梧，他的普通话挺好听，典型的北方腔，而且热情却又不失度。帮巴里把行李拉上一辆小车，在车上就告诉巴里这车是租的别的留学生的，接一趟客人要五十加币，那留学生司机不是特别热情，只微微地点头，把自己的表情藏在阔大的墨镜里。

房子离学校大概有四十分钟的车程，房东是个五十多岁的中国女人，说是原来在上海哪个中学执教的，一栋 house 有三层楼，每层大概有两到三间房，都附带一个卫生间和一间厨房。付一押一，草草地签完合同，听她说些注意事项，无外乎准时付房租了，不能改变房子格局，不能不爱惜家具，等等，另外，也不准养宠物。巴里觉得这些都与他没什么关系，点头答应。

刘遥在温哥华读书，上的是所社区大学，据他说已经在加拿大待了三四年。他比巴里应该大三四岁，经历挺丰富的。House 里下来几个中国学生，大家互相认识一下，其中有个女学生，很热情大方，和巴里还握握手，大家叫她小金。

那天晚上，刘遥在厨房里忙活许久，给大家伙做顿好饭，说是为巴里接风。同 House 的人都插手帮忙，有的择菜，有的布筷，巴里没经过这样的集体生活，忙最后动手洗了碗筷。刘遥后来笑

他："你在家挺娇生惯养的吧？一看就是没做过什么事的。"

小金是唯一的女生，独她什么活儿也没干，这时候插嘴道："你应该是个妈宝！"大伙儿都笑了。

巴里有些不好意思，其实在家他是做活计的，紫罗兰并没怎么惯着他。他也洗碗，做清洁，还帮巴大里洗车。有一次，很小的时候，也就上小学四五年级的时候，巴大里的同学从广州过来看他们，同学说，他现在照着西方美国的教育方法来教育孩子，什么家务活儿都明码标价，孩子做家务就有动力，因为可以凭劳动挣零花钱。当时紫罗兰很不以为然，只说这种教育方法是绝对错误的，而且，她还挺激动，质问："为什么孩子做家务要得到零花钱？谁在这个家里就是该做家务的？我做了那么多年，一边工作一边回来买汰洗烧，不都是义务？孩子做家务，也是义务啊！是对这个家庭的责任！"当时大人们好像都皱着眉头，略有所思呢。

小金是东北过来的，比巴里大一岁，已经入学一年了，听说是学霸，成绩挺牛哄哄的，几乎都是 A 或者 A+。巴里一直受紫罗兰的影响，喜欢成绩好的同学，不管是男生还是女生。现在在异国他乡，猛然身边有这么个厉害的女神，心里和面上的景仰大约都掩藏不住。

小金挺和络的。一开学，就带着巴里去学校图书馆猫着，告诉他，国外的大学真像传说中的那样，进去容易出来难。如果挂一科，真是一定要拿到学分才能毕业的，否则，别想混张毕业证。小金还喜欢运动，加入了学校的微马队，每天都慢跑

一个小时。巴里原来那几年，都颓废惯了，跟着一群富二代混到国外，每天谈得最多的就是网游，猛遇上小金这女孩子，突然觉得人生应该积极了。

处长了，他明显地感觉到学长刘遥不喜欢小金，就像小金不喜欢学长一样，而且，他还能感觉到，刘遥和小金，都变相地想让巴里加入自己的阵营。

刘遥一直很忙碌，时常还做点小生意，卖旧的教科书，是某家学习辅导中心的中介，还替出去旅游的人代养宠物。有次他对巴里说："我和你们不一样，我们家现在败了，所以得自己挣钱赚学费，不然，可真没法儿活。"这话是有原因的，因为巴里发现他介绍房子给新同学的时候，会抽相当一部分的佣金，那款额高得足可让他省下一年的房钱。"我高中一毕业，我爸就让我参军了，所以我在部队锻炼得也挺能吃苦的，不像你们这些来加拿大留学的富二代。"刘遥喜欢说自己的历史，不管巴里说明自己并非富二代。"后来就从部队退役了，去新加坡一年多，然后又来了温哥华。"刘遥的成绩并不是特别好，所以他上的只是一所社区大学。刘遥说自己是山西的，还有两个哥，家族是做煤矿生意的，在大同的财富排名，曾经数得着的，后来父亲犯了事，也许是煤矿出了事，父亲和叔叔一起进了监狱。刘遥说得挺含糊的，反正两个哥，一个在澳大利亚做着生意，另一个去了印尼，三兄弟各管各的，也过得凄凉。巴里想着这个只比自己大三四岁的小伙子，竟然有这么复杂的背景，有点像过电影一般。

但小金嗤之以鼻。小金倒不是不相信刘遥的身世，照小金的说法，温哥华好几个同学都因为爸妈的家庭事业破产，而终究没能读完大学的。小金只是不喜欢刘遥，就是看不上他。"他原来追求过我的。我压根就没理他！"小金往山上走，她穿着一双 Skechers 的运动鞋，一套玫瑰粉的休闲装，英姿飒爽。

巴里笑起来，好多女生都这样，老认为别人追求喜欢自己。想起刘遥说过同样的话，小金是个很主动的女孩子，曾经非常卖力地追求过学长的。

小金说，这边有钱的角儿多着呢，谁服你曾经怎么有钱过啊？老在说自己家原来如何，现在呢？连学习也不努力！

巴里心里想，这可得把学习弄好点，不然也真的丢死人了。

小金说，我们家也就是个中产吧，爸妈只我一个女儿，他们都在沈阳的一个职业学院教书，不能说有钱，也就刚能供我上这么个学，所以，我可得努力些。然后，她转头问巴里，你呢？你们家呢？

巴里想想，我妈在银行上班，不算什么大头儿，可能还行吧，我爸，是个企业家。巴里想着巴大里，他开的公司，养着三四十个人，每天早出晚归的，也是挺努力的父亲。

小金笑起来，撇了嘴，嗬，企业家啊，这么大的名头！听着可怪吓人的，还以为和李嘉诚王石一样的。

巴里听出她的揶揄，只能不吭气。这段时间，来了温哥华后，他明显得活泼了，不知道为什么觉得一切都新鲜美好起来。尼古拉斯说，是因为他这辈子，终于选择了一次自己想要的生

活。意思是终于冒着顶撞巴大里有可能断绝经济资源的危险，而选择了自己的专业。可是他想说的是，也许，也许，他可能有点喜欢上了小金呢！

想想原来的曾光，他是曾经有点动过心的，后来天各一方，慢慢地淡了往来，甚至 QQ 上的那个名字，也只是挂在好友下方，他都没再关心那个头像什么时候亮过什么时候暗过。他怎么就会喜欢上小金了呢？

他一直觉得自己喜欢的是刘亦菲那种类型的，就是类似曾光那种的。不怎么爱说话，长发披肩，永远低垂着脑袋在玩自己的手机，偶或抬头，突然巧笑那么一下。小金？怎么会呢？她偏分的短发，讲话连英语都是东北人的那种快，穿运动服，走起路来都风风火火的。

有一天，巴里问紫罗兰，你年轻的时候，也是喜欢成绩好的男生吗？还是喜欢别的有性格的男生？

紫罗兰说，我们那会儿，只想考上大学，哪有什么心思想男孩子？然后上了大学，学校不允许谈恋爱的，拆散一对是一对，不然，毕业分配也给你强行打散了，一个分哈尔滨，一个分海口。紫罗兰笑起来，那会儿我们就是这样的。

巴里不相信，那你和我爸怎么认识的？

紫罗兰说，奔着结婚对象谈的恋爱呗，不像现在啊，可以有多少个前任呢！

紫罗兰在视频那边奇怪地看着巴里，呵！你是不是喜欢哪个女孩子了？

巴里从来不怵紫罗兰，紫罗兰在这些成长的问题上，总是比巴大里好交流多了。他看着视频里的紫罗兰，那边是她的早上，休息日时间，她刚洗了头，头发凌乱地披散着，戴了蓝光护眼镜，一点也看不出曾经的美丽——小时候，巴里一直以为紫罗兰是天下最美丽的女人。

紫罗兰冲着视频说，嗬！你可得告诉我，你是不是谈上恋爱了？

巴里瞪瞪眼，我可是一定要和我的初恋结婚的。他不知道为什么会答非所问地来上这么一句，但他当时真是这样想的，就冲口而出了。

2. 深圳

有了手提电脑后，帅觉得每天的时间都过得特别充盈了。小谭帮他给管理处说，拉条多的网线，连上网后，帅的生活就翻天覆地地变化了。

他下班后就鼓捣电脑，回到家，吃完饭，也鼓捣电脑。电脑真的是个好东西，什么都可以在上边查得到，新闻，电影，电视剧。他告诉爸，你每天追着电视看连续剧，等广告的时间心里烦躁，在电脑里，一下子就能给你全部演完了。爸和妈一瞅，也觉得这东西实在是好，上知天文，下识地理的，不光电影电视新闻还有书，什么它都知道。爸挠着脑瓜问："这么多新闻都能查到？那报纸还有用吗？"

帅笑起来："现在谁还看报纸啊？"爸半天没言语。

就像小谭说的，其实电脑这玩意，只要你敢琢磨，都能无师自通的，因为它里面有好多信息，你不会的，上网一查，立马就有答案了。做事不求人！

帅每天拎着电脑，寸步不离这个宝贝。

车间里确实有些人笑话他，又不是个白领，弄成这么个样像什么呢？比方说，测试组的那个靓仔，长得确实是真靓，个头高高的，头发弄得很时髦，弯弯曲曲的，T恤绷在身上紧紧的，好像肌肉要蹦出来一样——如果那些鼓出来的肉真是肌肉的话。他喜欢叼根烟，没事就到走廊那边抽两口，脖子还挂根粗的银链子，挺酷的模样，如果他不说，真没人相信他是村里出来的孩子。

靓仔脾气不错，虽然喜欢打趣小谭和帅，但仅此而已。他喜欢谈些时髦的事情，比方说歌手了，比方说娱乐圈的八卦啊，比方说自己的恋爱史啊。

有一次，我在地里放牛呢，牛自个儿一边吃草了，我躺在草地上眯着，你知道，那阳光照着人真美，恨不得一辈子就这样躺下去，然后，那个女的就过来了，然后，我的第一次就给她了。操！我那会儿才十四岁呢，比帅的个头小这么多，她是结了婚的媳妇，论辈分是我表嫂，年纪比我大一倍。我是不是有点亏？

这是靓仔的故事。听得帅和小谭不知能言语什么。帅想问，那是什么滋味？想想觉得这问题实在太蜇人，也蜇自己。而且，十四岁？帅想想自己的十四岁，总觉得靓仔的人生比他精彩多了。

小谭不吭气，闷声不言语，不多问，也不发话。看不出小谭是羡慕还是不相信。小谭只说，我喜欢的女孩子，比你的好！

靓仔叫起来，非要小谭说说自己的恋爱史，小谭怎么都不说，大家挺败兴的，那个话题就被别的更提兴趣的话题带过了。

帅想想，自己曾经喜欢过怎样的女孩子？

公司新来个前台，其实也不算新来的，有三四个月了，脸比较小，身体非常瘦，她在前面走，帅在心里比画过，双手这么一握，就能把她的腰给环住了。女孩子长发披肩，这么热的天也披散着，脸特别白，嘴特别红，每天穿的衣服特别漂亮。帅就想，他喜欢的女孩子应该是这个模样。

不过嫂子还有那些女工们不喜欢她，说她妖里妖道，交往着好多男孩子，男孩子身上都有刺青的。而且，最可怕的说法是，自从她搬到宿舍以后，好几个女工的钱都没了。

帅不相信这些事，总觉得女工们嫉妒她。比方说，关于这个新前台还有样传闻，本来她是不够资格应聘前台的，可是招聘她的推广部经理迷上了她，硬是让她占了这个位置。推广部的经理对反对他的经理说，文化程度对前台来说不是硬件，一家公司，形象很重要，前台就是公司的颜面。大家听着都觉得有些酸，她咋就那么漂亮？谁像她那么一打扮一收拾，不照样五官出彩的？

可是帅始终觉得这是最终极的嫉妒了。

前台性格不错，和谁都处得挺好的，每天笑嘻嘻，对工人，对白领，对食堂做饭的师傅，对打扫卫生的阿姨，没有一个她

不是笑脸相迎。

那天，公司组织运动会。帅抱着电脑，在小谭宿舍里看。然后说比赛要开始了，全体就往楼下走。前台看到帅，笑起来，说，还抱着宝贝去运动场吗？万一被人踢到了怎么办？

帅想想，就让小谭重又开门，把电脑放在小谭的床上。那是他最后一眼见他自己的电脑。

公司炸开了锅。爸和妈都不依了，骂完帅的败家，骂完帅的显摆，闹着哭着要去派出所报案。连老板都惊动了，过来和派出所调出监控来看。

女工们全都一气指着前台，因为就她回来过，而且说钥匙是通用的，如果是外人来盗的话，不可能门锁无伤。前台很委屈，她确实中途回来过，可是她没有进男工宿舍，而且她也并不是一个人回来的，是和两个办公室的白领一起过来的。老板看完监控，也没说什么，脸色有些不好，但也没发脾气，可能因为烦躁公司里面出了这样的人物。不过，有可能并不是公司的某人所为。

帅不想猜测是谁偷了他的电脑，帅现在伤心欲绝，他丢失了他的宝贝！

爸妈每天也没好颜色给他，一气就说他炫，最常唠叨的就是，你知道自己是哪棵葱啊，还每天像模像样地拎台电脑到处跑？

小谭没安慰他，只默默地陪着他。帅好几天不想讲话，也不想吃饭，小谭都陪着他，不讲话，也不吃饭。开始，还有人打趣他，后来，同事们渐渐看他情绪不对，也不敢说什么了，

再后来，连爸妈也不敢吭气了。

过两天，前台离职走了。事情好像明朗了。但招聘她进来的推广部经理在全体员工前发话，说事情并没有查明，但因为所有矛头指向她，她压力太大，只能离开。推广部经理还说，调出监控录像看过，根本没有任何镜头显示是她拿走帅的电脑，所以请大家不要再流言蜚语，搞得走的人背着黑锅。经理狠狠地加一句，以后自己的东西自己看管着，别让公司为这点破事弄得人仰马翻的。经理说完，汹汹地剜了帅一眼。

帅觉得委屈极了。难道，他丢失这么大的一件宝贝，还要怪罪于他自己吗？

可是帅还是觉得不相信，他一点也不相信是前台那个美丽微笑的女孩子对他的电脑下的手。他一直留存着对她美好的记忆，她姣好的脸庞，她纤瘦的身材，她永远微笑着的脸，她走路时袅娜的样子。

这个女孩子，还没跟帅讲过几句话的女孩子，和那台没摸上几天的电脑，随着时间的流逝，永远没有了迹象。

可是帅的心里，永远放不下她们了……

3. 深圳

老这样下去是不行的。虽然淘宝给了全民创业的平台，但自从淘宝开了后，还有一号店、京东、当当，大大小小有多少家店啊？一个人可以开店，一个人还可以同时开几家店。但真正能够成功的，有多少人呢？有多少家店呢？

　　峰决定还是去师兄那边讨教下。小莫劝他，你师兄那个人，不算特别地道吧？我们本不是他的竞争对手，他做他的体育用品，我们做我们的电子消费类，一点冲突都没有。他还老防着你？

　　峰说，没关系，可能每个人创业都不容易，不想让别人白捡自己的经验。不过，和他聊聊，聊胜于无吧。他也不是个坏人。

　　师兄对峰挺热情的。问峰最近情况如何？峰坦言相告，不知道自己这样走下去，方向对不对？

　　师兄的公司现在又招进了几个人，像模像样的，有接单的，有售后的，有推广网站的，都有七个人了。

　　师兄说，其实真特别忙，几乎每天没有休息，而且天天挂在电脑上手机上，一有询单，都像打了鸡血一样地兴奋，好像钱就在那儿等着你捡一样，没有一天的休息，没有一分钟的休息。有时候想想，我们的青春，这样过下去，有没有什么真正的意义？

　　峰笑起来，他说，还在考虑这么高深的问题啊？我是想先混饱肚皮再说呢。

　　师兄拍着他的肩膀，其实真没意思，有时候忙的时候睡下来，心里脑子里还在惦记着那些询单、订单的时候，我真觉得我的青春我的生命都浪费掉了。一点意思也没有。我都没有时间谈恋爱，看看风景，看看深圳。做完一个订单，又是一个订单，永远是 How about the next？还让不让人活？像西西弗斯的石头一样。

峰茫然地看看师兄。师兄叹口气，兄弟，还是要多看点书，我们这代人，再不拿出点时间看看书，就真完了。

峰没有师兄那么哲学，他现在正是生意要起步的时候，没有那么多闲暇时间去思考。师兄还是建议他，搬到这边来，虽然偏，但开淘宝的，要那么热闹的地段干什么？而且这边的房子特别适合做淘宝，房间多，可以做仓储，还可以在这里生活——当然，生活没有热闹的地方方便，但如果热闹的地方，也就不是这个租金了。

峰觉得这是个好主意。听说这一带好多做淘宝小店的，所以快递点也不少，这样对自己的生意还是有很大好处的。

和小莫回来一商量，小莫觉得怎么都行。反正如果把成本降低，把利润做大，只要峰自己觉得方便，就无所谓了。而且，如果搬到那片，还可以让小小莫也住过来——小小莫现在和小莫挤一处，那家有小莫的孩子和孩子的爷爷奶奶，多少有点不方便。峰便马上退了这边的房子，租下师兄街对面另一处别墅群里的一套。

那边的别墅群也是鲜有业主过来住，可能都是因为太偏僻的缘故。峰谈好的那套，租金每月才两千七，是别墅群里的最里面一套，毛坯房，连地下室共有五层，占地面积确实不大，也就八十平方米多一点，不过有前院后院，虽然很小的院子，但是小小莫挺高兴，说可以种点爬藤植物，可以种点葱、蒜之类的，还可以架丝瓜藤、豆角藤一类的。小小莫是勤快人，又俭省，毕竟是当妈的人了，所以不大喜欢在外面买盒饭吃，和

小莫这点很像，喜欢自己下菜市场，买些菜，可以做一席佳肴上桌。小莫因为还住家里，不过有车，往这边开过来也不远。所以对搬家的事，大家都挺高兴的。

峰简单地装修下，主要是厨房卫生间简装了。这边广东人对厨卫比较重视，特别是卫生间，一天有时候洗三次澡，像吃饭一样。然后，又跑到宜家买些简单的家具。峰住三楼的房间，小小莫住二楼，一楼是他们的办公点，摆了几台桌子，置了二手的苹果电脑——一手买不起，但设计什么的，他们必须用高配置的苹果。把地下室也拾掇了，有些货就放置在那里。看着挺像模像样的。他们淘宝小店的名称起得非常有诗意，叫那年春天又三月，是峰起的。小莫原来问过峰为什么起这个名字，是不是和心洁有关啊——小莫对峰和心洁的事知道得一清二楚。峰沉了脸，真不想再提心洁。断了关系后，两个人还通过好久的电话，心洁过几天打一个，那边哭得稀里哗啦的，然后再联系，就是小声啜泣，然后，就是有点灰心的嗓音，然后，就漠然了。现在已经好久没再联系过，想必她已经从那种情绪里出来，过得高兴些了，兴许有了别的男友也说不定。但怎么样，这么多年的感情，对峰来说，还是在胸口有些隐隐作痛，他一想起心洁，就想起心洁对他的好，一想起那些好，他就恨不得扇自己两耳光。心洁悠悠地说过：你到哪儿去找像我对你这么好的人呢？

但实际上，峰其实挺有女人缘的。可能他脾气好，最主要的，也还是长得特别帅气，再加上有教养，对女生总是客客气

气的。小莫对他就特别好，小小莫也对他特别好。两个人像照顾弟弟一样，总给他做吃的，衣服被褥什么的，峰也从没操心过。妈甚至有些怀疑，那个小莫，不是对你有什么意思吧？你可得明白啊，她是有老公有孩子的人呢！峰这下生气了，妈，你说什么呢？小莫，她是我战友啊！

对啊，就是战友！不管小莫怎么想的，在峰心里，她是和他一起共这场患难的战友呢——怎么不叫患难？他们一起辞职，白手起家开了这家淘宝店。名儿他不想和任何人解释，连小莫也不想。因为，那其实是想起了达娃，那年春天，三月的季节，那个藏区的那么纯净的女孩子！

都弄停当后，师兄过来看了，觉得挺不错，非常自豪地说，我们这些艺术系出来的，眼光就是和一般人不一样，随便一收拾，就是品味。

师兄那天拉他去参加一个品酒会，说是有个大客户请的，谁都没约，就约了峰一块儿去。峰挺感激的，觉得师兄就是那种喜欢防范人的人，有点小气，但还是把这个同过中学的同过一个艺术老师的小弟蛮当回事的。

品酒会在城市的另一边举行，是家小型的 Party，他们毕竟年轻，也没见过世面，虽然场面不是很壮观，但还是被里面衣袂飘飘裙裾留香的人物们惊到了。师兄说，这可能就是大家通常所说的成功人士。

小闹腾后，大家就座，每人面前一叠小盘，里面放了几块苏打饼干，两片奶酪，一些美国杏仁、开心果之类的舶来坚果，

前面放着几只形状不一的空酒杯。主持人宣布开始，有几个打扮得很得体的美女过来给每人斟酒。主持人是位女生，气质很好，而且装扮得很有白领的气势。她拿着麦克风，开了大屏幕，PPT上一顺显示出她要讲解的内容。大致是这个品牌葡萄酒的产生，它后面所孕育的文化，那种欧洲实行的贵族生活方式，慢下来的节奏，老式贵族所推崇的：继承下来，而不是买下来。峰有些明白，类似传销或者直销一类的，希望各位成为会员，然后才有资格买酒。

有些人不耐烦，打断主持人，直接问：你就不用说这些没用的了，你就告诉我们，这种的营销模式。直截了当的，入会多少钱？然后我发展一个下线，你给我抽多少提成？

下面的人竟然都赞同，说不用浪费时间讲什么葡萄酒文化了，确实时间宝贵，直接告诉营销模式就可以，他们也好推广。

峰其实挺喜欢听那个女主持的讲解，而且PPT想必做了好久，耗掉她很多时间。她有些尴尬，但非常善解人意地说，她换个方式，直接让老板过来讲述营销方式。

后来，师兄和峰走了。师兄说，看见没，有钱人就是这样活法。有了钱，只想赚更多的钱，他们的脑袋里，全只是钱钱钱了。

峰觉得他和师兄有真正的共鸣。如果有钱就是这样的话，那实在太没意思了。也许他们没见过真正的有钱人，但，所谓的中产阶级，不就是像那样一群的？峰在心里想，他要做他自己愿做的事情，不能像这帮人一样，把什么文化都毁了。

第四章　2015～

第一节

1. 温哥华

现在认识的人慢慢多起来。尽管紫罗兰隔三岔五地对巴里说，不要囿于中国的留学生圈里。但温哥华的华人实在太多了，怎么转圈，前后左右都还是中国人。

而且，现在社交太容易，你的朋友的朋友的朋友，你的同学的同学的同学，你的老乡的老乡的老乡，然后，微信圈、QQ群，两个陌生的中国人，就在温哥华晃熟了。

巴里因为科目刚修完，就把书预备送给微信朋友圈里转发的一个 Quest。打开她的微信一看，是个很漂亮的美女，长得挺像刘亦菲的。两人约在 DownTown 的 Miku 见面。见到真人，确实挺漂亮，头发又黑又长，巴掌锥子脸，细长腿，皮肤很白。女孩子挺大方，因为巴里不要书钱，就一定请巴里吃这顿日式

料理。巴里和她说笑两句，挺有好感的，心下里拿她和小金比，确实和小金完全不一样类型的，而且，可能家境富裕吧，全身都是不经意的名牌，就显得有底气的不装。

回来后，倒魂牵梦萦了一段日子，不咸不淡地在微信上每天胡扯几通。女孩子还没得到 Offer，仍旧在修语言，每天的微信圈里，只是晒在哪里吃饭了，在哪里逛街了，好像把 Dtmetro 逛了个遍，最爱的是列治文的桂花林，可是，却一点也不见她胖。

House 里还有个北京过来的小伙子，和巴里差不多年纪，姓于，和巴里玩得挺好的，一来就组了游戏战队。有时候，巴里会把自己的一点小心思告诉小于。小于看看那女孩的微信内容，明摆着告诉巴里不是她的菜。巴里的自尊心有点受打击，一直觉得自己不算太差。

"你知道高富帅,这三个字里,最重要的可是当中那个'富'字！"小于很老练地告诉巴里，"我们吧，就属于第四阶级上层，第三阶级下层。"小于有个老乡，比他们早来温哥华两年，开部宝马，每天牛哄哄地去学校，据说这些阶级论，就是小于的这个北京老乡告诉他的。

"第三级是哪一层？"巴里从没听说过这些理论，猛觉得自己太落伍了，每天就想着别挂科，早点读完大学，如果能去腾讯工作，就是此生最大的幸福——他一直向往去腾讯上班，腾讯离他们家不太远，每回路过那个有小企鹅标志的高楼，巴里的心就非常高兴。紫罗兰老是叨咕他，如果只是去腾讯，上

个深大就行了，还出去留什么学呢？巴里总接着紫罗兰的话，是啊，为什么不是呢？

"第三级：副部级、地级市市委书记、银行家、国企 2-5 把手、全国五百～两千强企业家。"

"那我是哪一类？你是哪一类？"巴里听着有些晕。

"你嘛，是属于全国第一千九百九十强的企业家的那种吧！我呢，暂时不能告诉你，免得你会拍我马屁，将来有什么忙，我都不知道该不该真心帮着你！"小于正儿八经地说。如果巴大里的企业能排上第一千九百九十强，估计紫罗兰晚上做梦都要笑醒了吧？巴里冷笑一声，想着认识的这批北京人，真是挺好玩的，和他们从广东过来的人，完全在性子和说话上都不一样，辨不出真假。

后来到了情人节那天，偏偏是个星期六，大家都没课。因为这个节有点敏感，巴里拿不定到底该不该约小金出去。他们老是黏在一起，但从来没有过什么亲昵的行为，大多也就是一起跑步，一起去图书馆，一起去学校上课，反正又住在一个House 里，也都快亲如一家人了。

学长和小于都让他不要把小金当成女朋友来处，学长说小金挺势利的，小于觉得小金根本就没什么颜值，把妹这种事，还是严肃点好，两个人的这点意见倒一样，不然，在哥们圈子里混不下去。但巴里心里还是喜欢小金，最主要的就是因为小金阳光，而且，成绩那么棒。那天，又正好受了那微信里女孩子的刺激，她在上午就发布了一条说说到微信朋友圈：Idon'

tneedayalentie,Ineedvalentino.我不需要情人，我要的是华伦天奴。男生们都挺生气，气急败坏，这么赤裸裸的拜金妹！

小金正好甩着洗好的头发下楼来，巴里问，你要出去转转不？小金扬扬头，灿烂地笑，好啊！

他买了个小小的礼物送她，等大巴的时候就交到她手里了。是盒巧克力，有各种味道的。小金笑起来，刚才在 House 里干吗不给我？现在拿在手上多不方便啊！

巴里有点窘，不知该怎么接茬。小金比他大一岁，又是学长，他总觉得在小金面前，好像老是办错事儿。而且，因为小金比他来得早，他也确实喜欢什么事儿都请教她。

小金又说，其实，送鲜花给女生是最好的了，虽然男生觉得不实用，但女生就是喜欢手捧鲜花的感觉啊，因为全世界的人都知道，有人送她花儿了。

巴里更没办法吱声了。他是想过要送鲜花的，可是，他实在不好意思这么堂皇地这么喧嚣地给这么熟悉的一个女生送花儿，而且，还是在情人节这天，那么，他是不是要明显地表白呢？

他心里还是觉得有一丝丝的不甘，他觉得他心里的那个恋人还没来到呢，小金虽然什么都好，还是差那么一点点。不然，他也不会对微信上的那个女孩子有点心猿意马，也不会因为对微信上的女孩子心猿意马就觉得对不起小金了吧？

他们选择了一个大众公园去游玩，原来也来过两三次，都没讲什么话，对着空荡荡的公园发着呆。现在，仍旧有点冷，

太阳也不大，公园里游人有一些，但并不多，小金提议去那片的山坡上爬爬。巴里应了。

"小于今年要转大学了吧？"好多中国留学生都在语言类学校耗着，还有那种预科班，每年学费很贵，而且因为和有名气的大学联办，有时候选课会特别难，几乎感觉就是不想让你过，多骗你学费一样。小于就是还在这种学校。

"不清楚，好像还有几门吧。前段他妈妈来了，把他狠狠地刮一顿，要削他。现在他妈回去了，他又放开了，说他怎么都可以转进大学的，因为他爸和加拿大总理合过影。"巴里实话实说。小于有时候就是挺好玩的，说只要有权就可以搞定任何事，当然有钱也可以搞定很多事，比方说，他知道八十万就可以直接入清华。巴里他们挺把清华北大当回事，那么神圣的学校，人尖子才能进得去的地方，就被小于这样轻描淡写地用钱来买通了？还当场质问过他，为什么你家不给你买进去上清华？小于说，他根本不稀罕清华，你没看过排名吗？清华还在多伦多大学的后面呢！这是真的，所以大家也没再闹他。

"他们好像都要去学车，已经申请网上笔试了。你呢？"小金问。

"我还没想过呢。"巴里是真没想过这问题，同学里确实有好多都买车了，留学生里买豪车的就更多了，尼古拉斯也说想去买一辆，据说正在忙着备考驾照的事儿。

天下起雨来，开始有点小，巴里让小金赶快回去，小金兴致正浓，还说在雨里挺好的，就想任着性子在雨里疯一下呢！

然后，雨大起来了。春天的雨，没想到这么伤人，一下子就把两个人浇得湿透。他们从山坡上狼狈地逃下来，急匆匆地赶到公车站那边。这个时候小金终于不想浪漫了，气急败坏地说句："以后要是交男朋友，肯定得交个有车的！"

巴里他们就这样落魄而归。小金甩着袖子上楼，那盒巧克力估计全化掉了，不过小金挺好的，不知是全吃了，还是偷偷扔掉了，她没有让巴里看到那盒巧克力真正的下场。

从此，他们形同陌路。

巴里从没有给任何人讲过他和小金为什么不来往的，他甚至连小金后来主动找他都没有阐明自己的观点和态度，他就是不再理睬小金了。小金气势汹汹搬离的那天，他躲在自己房里没出来。

有时候，他想问，如果这就是爱情或者初恋的话，那么，他妈的，这也太脆弱了——但是他仍旧没明白，到底是他自己太脆弱了，还是爱情本身太脆弱了？

2．深圳

小谭辞职了，他说是回老家，其实是找着了一份更好的工作。他没具体对帅说是什么样的工作，他只说比现在的工作要求高，是个技术活儿。帅有点倾慕小谭说自己要干技术活的那股骄傲的样子。有技术的人，就是有手艺的人，像小姑父那样，是个木匠，那是匠，不再是工了。

小谭说，其实薪水还没这边高呢，但我可以进步了。小谭

顿顿，说，小时候，我们一帮猴孩子都跑到地里去打闹，疯玩得够呛，我那会儿体质弱，拿着本别人不要的书在看。邻居笑话我，可是我妈说，他和别人不一样。我一直知道，我和别人不一样。

帅静静地听着小谭说这些话，帅在想，他会不会其实也和别人不一样？

利民老家的，也有好多到深圳这边来的，他们的工作没有帅稳定，自己觉得哪一处好玩，就辞职去好玩的那一处再打工，反正薪水差不了多少。他们觉得好玩的是，同龄人多，同样的爱好多。这是大城市啊，还不是一样有说得来的老乡和朋友，大家打打闹闹地干完白天的活计，晚上和女工们打打情骂骂俏，其实也蛮好的。

帅原来的街坊左根，已经辞了好多次工，现在在一家快递公司送货，满街上开着电动车跑，也挺好玩的。

左根原来也在生产线上做，但他耐不住，嫌重复性工作太强，闷得慌，甚至还去富士康打过工，觉得没像人家传得那么可怕，但规矩太多，不自由，所以薪水略微高些，也吸引不了他。他去送快递了。

左根说，你来深圳多久了，你知道哪条街哪条道？你知道哪座大厦哪个小区？就在眼鼻子下那么小的地方转悠多少年，一点意思也没有。既然出来了，我就想到处转转。

其实他的活动范围也就方圆十公里地，可是到底不一样了，骑着车到处跑的人，就比整天窝在工厂里的帅见多识广得厉害！

左根说，能够碰到好多不一样的人，敲开门，有的是打扮得好漂亮的女人，有的是还穿着校服的学生，还有的是在家带孩子的老人。

他现在跑的这一片里，有好多是和他们快递公司签合同的，每天固定的时间点去收货，所以生意挺不错。而且，很多都是比他大不了几岁的年轻人，但人家过的日子？……

什么日子？帅问道。

人家租个小别墅，那种四层楼的，还带前院后院，每天都有数不完的货，全是发往全国各地的。左根说，他马上要开辆大点的电动三轮车了，否则，货哪里拿得了？

发什么货？帅有点不明白。在他的知识里，工业区里的货都是由大货车过来拉走的，他想不太明白这些小别墅里怎么会有这么些货？他们如何生产的？

左根说，赶哪个周六，他带帅去收收货，就明白了。

这件事拖得有点久。因为帅这边也都是周六要加班的。左根他们的快递公司只是周日不上班。据说老板都是一样的心思，周日的加班费用其实很高的，所以宁可不做周日的生意。

左根说，咱们没女朋友的人，其实晃荡晃荡周日也蛮好过日子的，无端多出来一天，倒让人闲得慌。

帅却真不想每周七天都上班，他还是觉得工作六天能有一天的休息其实蛮好的，家里可以团聚了。姐姐妈妈爸爸，还可以一起吃上个团圆饭，有时候，全家可以一起出动逛逛深圳。姐姐带他们晚上去过世界之窗，据说票价比白天便宜一多半呢，

而且什么都不亏，因为晚上的节目可热闹了。姐姐甚至让人家帮忙团购过一次电影票，据说也比窗口卖得便宜。妈甚至还大方一次，让帅和姐姐一人捧了一盒爆米花。

这天下午终于不用加班了。帅和爸妈说罢，这周六的下午就摸到左根那里。

左根还在送货，先让他在门口等着。那间办公点在一栋农民房小区的一层，不太好找，有点背街，左右邻近的有好几家快递代收代送点，大多开着门，脏兮兮，乱哄哄，大的小的包裹堆满一地，一般只有一个人守着点儿。左根的办公点想来也一样挺破旧的，但他这边的没开门。

左根三十分钟后火急火燎地赶过来，一边把铝合金推拉门打开，一边对帅说，他们一个工友病了，所以活儿分散在他们几个中，特别忙，都派出去了，连守点的人都没有。

左根的办公点门一开，果真就和那些邻近的快递公司一模一样，不过看来他们乱归乱，摆放东西倒有章法，左根顺着墙根拿了一堆的包裹，说都是一片地方的，先送过去再说。

帅跟着跑，左根上去，他就在下面看着他的车和货。一趟一趟终于送完了。左根看着时间，说，要去收货了，又带帅跟着去收货。这下，就到了左根一直给他说的那些小别墅区。

保安看得挺严的，左根因为有什么证，可以长驱直入，保安认识左根，才没拦着帅不许进去，但详细地登记下身份证号，帅才得以跟进去。

说是小别墅，其实是连排的小楼房，里面每层都不大，楼

倒砌得高，整整齐齐，都有四层。应门的是个小伙子，确实看着也比帅他们大不了多少岁，叼着支烟，满头满脸的汗。

和左根似乎特别熟，打了招呼，看见帅，愣一下，听左根说是他的弟弟，就没再言语。左根进门，直往里面走，包裹已经准备好了，左根拿出一台小机器，一样一样地扫着货和单。

帅得以有空打量这些房间。

这层应该是厅，一溜呈正方形摆着四台电脑，每台电脑前坐着一个年轻人，个个都挺忙的样子，不停地敲击着键盘。货品分门别类地放置在货架上，好多漂亮时髦的东西，都是帅原来不曾见过的。那个开门的男孩子挺友好，告诉他那些是什么东西，魔方式的充电器、马卡龙暖手袋、喷嘴壶式湿纸抽，……他们自己办公用的那些东西都和别人也不大一样，充满了创意，马桶式的计算器、洋娃娃拎篮式笔筒、老款电话机式的便笺本，看得帅眼花缭乱。

左根收拾好了该发的货，让那小伙子核对签名，他们便离开。

左根在路上说，好玩吧？他们也就这么大，自己干的营生可热火了，等下再带你去另一家，也是这样的几个年轻人弄的，全是体育用品，你都不知道有些真是做什么用的，听说他们还发往外国呢。

帅窝在左根后边，电动三轮车有点快，开得呼啸呼啸。

左根说，别老窝在工厂里，咱们好不容易出来，总得见识见识什么叫城市。怎么样，想明白了没？什么时候把工辞了，

和我一起跑快递吧。

帅顿了半天才说，你说，我要是去和他们一起做，他们会要我吗？

3. 深圳

过年后，张小姐也辞职过来了。

张小姐倒不是随随便便就辞去原来的工作，加入峰这个团队的。张小姐已经过来考察好几次了，谈了很多问题，张小姐是个细致的人，连过来后如何参股，股权怎么分配，都说得特别清楚，甚至立字为据。

吸引张小姐的，是峰的运作方向。峰甚至写了全面的可行性报告，主要是说这个淘宝小店不能只靠过手买卖，而是要有自己的产品，他们这个团队应该在这方面有得天独厚的能力，他们主要是搞设计的，所以一旦定下什么产品，可以自主设计外形包装，然后再进行生产和推广。有了自己的源产品，这样才可以在那么多的电子商店里存活下来。

而且，最主要的，是有表舅能在背后支持他，金钱和生产方面的。表舅在深圳的人脉不错，同学、朋友、供应商比较多。所以这些他们不用太操心。

张小姐过完了十五，那边公司交接完，拉了行李箱，就占据了四楼的位置。

还过来一个小师弟，也是他们学院的，来深圳才半年多，还没在大公司混个脸熟呢，就被峰游说过来。师弟在推广方面

很不错，很会操作电子平台。

这样，公司就算初步成立了。峰和张小姐负责产品开发，小莫负责采购，师弟负责网站推广。峰说不太想要小小莫，因为现在人手也多，薪水是个重负，而且包装打杂的事，几个人随便就干下来了。小小莫连告别都没来得及，就被自己的堂姐拉回家了。从这件事上，峰觉得自己的领导才能还是有的，至少小莫没跟他讨价还价。这样，师弟就把小小莫的房间给住下了。

一边开着"那年春天又三月"，一边在忙着开发新的产品。

现在市面上新奇的东西实在太多了，有电话筒式的耳机、有马卡龙式的暖手宝、魔方式的充电器，还有郁金香式的蒸脸机、各式的小型晚安灯、移动驱蚊宝。他们相同行业里，有一家叫作恋爱高跟鞋的，做得特别好，看淘宝的排名也非常靠前。峰和张小姐一直在研究他们的网站，总结出他们的网站做得相当新颖，特别抓现在年轻人的心，而且推广产品的细节比较周全，有的甚至连尺寸都标得清清楚楚，还有的产品，他们甚至做了宣传视频，让有购买意愿的买家一目了然。

表舅过来参观几次，很有兴趣地看他们那么新奇的产品。表舅妈问，这些产品是从哪里进来的呢？小莫说，是她自己找的，有的就在阿里巴巴上，有的就在淘宝上，她批回来，价格就比淘宝零售拿得便宜，然后，他们重新再包装，动点小心思，加些特别的小礼物，再在自己店卖。

表舅妈点头，这样说下来，其实就是直线竞争。因为货源

其实差不多的，就是转手倒卖。看谁和你有眼缘了。

峰说，是的，所以我们培养自己的粉丝，现在也在弄微信商群，已经开始流行了。

表舅问表舅妈，你如果在淘宝上买东西，最先打动你的是什么？

表舅妈笑，我在淘宝上买东西，一般都是熟店了。比方说毛巾啊什么的，我总在一家买的。别家便宜也便宜不到哪里去。还是觉得老店安全可靠些。

表舅又问，我是说，你如果原来没买过的东西，你会怎么找这些产品呢？

表舅妈说：我一般输了关键词以后，看排名靠前的，翻一下人家的评价什么的，也会看一下那个打分的描述服务物流什么的，再去比较价格，最后，可能谁最先理我，我就跟谁成单了。

表舅对峰说，你们可得好好听听，这是消费者的心理。要研究研究啊。

小莫说，其实有些评价都是假的，是勾结店小二把分数提上去的。还有些假刷单呢。

表舅妈笑起来，可能吧，但做到这样，说明这家店还是有实力的，也还是用心的。如果一旦成交，拿货后不是那么回事，以后可能就不逛了。再去找新的店。

表舅说，所以你们做生意，一定要先把握消费者的心态。光产品好，价格好，有时候不一定能成功。做生意，真要动很

大的脑筋，而且，不是一门浅学问。另外，多少还有些运气的成分在里面。

表舅的公司最近销售额猛增。前几年一直在两三千万徘徊，要死不活的，但前年底开发的一款产品，对皮肤疤痕的解除膏上市后，反响超好。表舅的公司，销售的运行模式是走院线的，意思就是进美容院推广，不用打广告，在院线里有口碑后，互相介绍，就有了很大的消费群体。这样下来，广告费用减少了，产品的价格也能保持稳定。表舅是老板，又是开发这款产品的主要技术人员、总工程师，把着技术关，这一两年应该收入不少，前不久，又置了套房产。

峰一直崇拜表舅，做表舅这种技术型的人才，是真正的科学家型的商人。不过表舅说在深圳久了，有些生意听也听会了，以后年纪大了，也想融进这些潮流里，毕竟深圳是个年轻的城市，不管是技术上的，还是理念上的。表舅说，巴里过段也要回国来，他现在英语不错，可以到时候帮你在国外推广。峰非常高兴，马上应下来。

表舅妈说，也难怪你妈会心慌，你的学业不是废了吗？你现在还画画吗？我是觉得，你应该干你的老本行也会不错的，为什么不卖童装呢？现在谁家都稀罕孩子，童装应该销量不坏的。

张小姐解释，童装的竞争力很大，而且，衣服最怕的就是压货。我们好不容易设计出一款，打板、生产，结果一不流行，就都废掉了，压力更大。童装也是特别容易更新换代的，一下

子这款式说不时兴就不时兴了。我们是做这块出来的，知道里面的艰辛。

表舅妈看张小姐设计的抽式电脑湿纸巾，图案特别新潮，颜色也配得相当不错，就是那种你一看就想占为己有的感觉，充满了购买欲。

这次，是张小姐和峰一次又一次地画了上千张图，在国内国外铺天盖地的网站中吸取灵感，创造出了水果插座。

表舅觉得挺好的，帮峰找了他的老同学老朋友，试色度，研发里面的电路板，终于准备众筹上线了。

花销看来还是很大的。众筹间，要贿赂店小二，花了十二万，插队上线——因为据说排队的话，起码要两个月的时间才能排上。头一个星期，效果并不好，峰有点着急，找表舅商量，做假筹，把人气先弄上去。表舅便又拿了十万元。

带着峰跑了好几家供应商那里，做线材的，做板的，分头找各种供货商。峰不是理科毕业，看见一种这么简单的玩意，要用那么多配件来盘活儿，可真是大开眼界。有些供应商嫌量小，不肯接活，肯接活的，要价又超出了峰的预算值，这样折腾来折腾去，眼看两个月的众筹时间快到了，竟然后面的量飙升起来，已经达到一百万。这下快乐和憧憬得不行，急着到处找接活儿的地方。

表舅提醒他，一定要配件分着做，然后组装的话，他会找自己同学的厂家来完工，最后完成测试和老化。峰当时没往心里去，有次去谈了家做电源的，人家看过峰的样品，马上应承

下来，价钱也合适，本来都准备订下的，结果临走时，人家过来两三个人，把峰手上的样品仔仔细细从里到外拍照得非常详细，还是尼康单反的。这下峰害怕起来，连忙支吾着走掉了。他突然觉得别人有可能会抄他的产品。表舅说，你也太糊涂了，深圳人多厉害啊，见什么新就抄什么，三下五除二就给你整出比你的原创还漂亮的东西来。所以，你真得长个心眼。

这下，峰不想找轻松了，连忙学着表舅要他做的，分着配件找供应商。

还在磨磨叽叽地讨论产品的事呢，众筹结束了，第一批货必须发走了！

第二节

1. 温哥华—深圳

温哥华的华人真是太多了，不过都不全称自己是中国人，比方说，讲华语的，很多一定要表明自己是香港人、澳门人、台湾人，还有才移民的新加坡人、加拿大人等等。有时候，巴里他们这些来自中国大陆的，会非常敏感这样的称谓。解释的意思，是把自己的处境拔高了吗？尼古拉斯也这样嘲笑。

尼古拉斯还在安大略省，真的选修历史。那边中国人少一些，有时候放假时间短，他会搭飞机来温哥华看巴里，约着一帮子朋友打几天爽爽快快的网游。成绩不是很好，最怕的就是挂科，有次灰心丧气地说，如果挂科了，他就跑温哥华来选个

社区大学上好了，反正总是得混张文凭回去。加拿大的留学生普遍都想毕业后回国，特别是男生。

巴里和相邻另一幢 House 里的人也处了许多朋友，有一些是基督徒，还劝巴里也入教，巴里在国内从未接触过宗教，看到他们每天这样虔诚地祈祷，倒觉得新鲜。只是推托因为自己吃饭太快，而信教者饭前还要祷告很久，觉得挺麻烦的，没有加入教会。

国内现在新闻满天飞，香港对大陆的民众太多抵触。巴里他们和香港人在温哥华这边没什么龃龉，有时候也议论下那边的新闻，香港的同学都还温和，对政治上的这些敏感事体不大爱做评论。北京来的那帮同学，可能从小在天子脚下长大的，有点跋扈，说起话来就有点不近情理的嚣张，两边也差点因为这些言语剑拔弩张，然后，大家就和下稀泥，希望香港那边的紧张情绪，不要漫延到海外来。

闹到后面，连巴里订回去的机票，也决意让紫罗兰给订到广州再转深圳，紫罗兰非常诧异，直问他，那边的新闻怎么报道的？前两天她去香港，街上都还好，地铁上也还好，她当时迷了路，还被一个香港美女直接送到地铁站。紫罗兰说，你别信那些报道了，新闻就是这样，有点言过其实，如果不把事件扩大，谁会重视你做的新闻？

巴里心情不好，不知为什么，出国后才真正爱起国来，特别烦人家讲大陆不好，特别抵触人家说大陆的坏话，原来没出国的时候，他们不也比着赛着说自己的祖国不如人家的？这也

不好那也不好的？到了国外，很骄傲很挑衅地大声宣告，我就是中国人，怎么了？

春假二十天，巴里和尼古拉斯约着一起回国。最主要的是，他如果再不回去，紫罗兰好像已经预备七月的时候来温哥华了。他不想自己这么大了还让妈妈过来看他，真像人家说的妈宝！

他买了加拿大的特产，枫糖浆、冰酒什么的，想着送那边的一些亲人和朋友。最后犹豫半天，不太懂奢侈品，和尼古拉斯商量一下，一人买了一个 Coach 的小包，也不贵，可以给紫罗兰。收拾了自己有些破旧的衣服塞进旅行箱里，到时可以在国内扔掉，紫罗兰反正也会给他全部换新的，就这样启程回国了。

深圳的家重新搬回了南山。巴里走后，两口子又在南山再置了一套新房，精心装修得很有欧式情调，专门给巴里的房间布置得像个小伙子的单间，还是张大床，床头立着两开门的衣柜，顶着窗户的是一张大书桌，网线的口也布好了。墙那边挖出一片，做成书柜，里边零零散散地放置着巴里原来的那些书，还有些集体照什么的。床头柜上放着巴里十四岁时的一家三口照，巴里和紫罗兰坐着，挨得紧紧地，后面站着巴大里。

见到妈妈，仍旧话特别多，一路上讲个没完没了，嘲讽尼古拉斯的大概最多了，因为他成绩不够好，可能会被学校清出，然后讲他想退而求其次读社区学校。巴里知道紫罗兰一直和尼古拉斯的妈妈有来往，反复叮嘱她不要把尼古拉斯的情况告诉他妈。紫罗兰说，他妈妈隔三岔五地打电话过来问这些小子们

的经济情况，信用卡怎么就花掉一笔又一笔的钱？巴里大笑，说，尼古拉斯是他们那边的土豪，肯花大笔钱买装备的，就是网游的装备，有次还说是巴里借他的钱交什么费用，巴里还帮他哄过他妈。紫罗兰叹气，你们在国外这样打游戏，还不如回国来打不是省钱得多吗？

巴大里开车，也用讥讽的口气，是啊，送出国的，结果猫在国外的小房间里，白天黑夜地玩这些，不如回来吧。

巴里也生气，我们怎么就天天打游戏了？是放假有空的时候才玩一下的。不然，有什么娱乐呢？我如果要谈女朋友，花的钱就更多了。

紫罗兰撇嘴，哪有用父母的钱来泡妞的？

巴里听着紫罗兰也用"泡妞"这个词，觉得挺好玩，跟妈妈倒能花言巧语地胡诌，扯到别的地方去了。

他们白天上班，中午请个钟点工给巴里做饭，巴里死活不依，说怎么都不肯吃陌生人做的饭，紫罗兰说讲好了，就先对付一个礼拜吧，巴里只好听从了。巴大里说，你妈因为你回来，把菜谱都给你备好了，专门请个口碑很好的味道最合你口味的阿姨来给你做菜，好弥补你在国外吃快餐的胃，你就体谅你妈的心吧！巴里便没在家里待着，尽量往外边走。

先去了母校，直接找到老徐和校长。当时他得到温哥华这边大学的 Offer，那边打来电话，听说把他的名字都放在校门口的光荣榜上了。

门卫听说他是过去的学生，让他留了身份证号，说老徐正

好没课，还在办公室待着呢，让巴里径直去找。

　　学校没太大变化，不过，门口的红榜上，已经换了这批获得 Offer 的学生名单，巴里在那上边找了下，没见着自己认识的名字，就直接上去了。

　　老徐吃了一惊，然后是非常狂喜的表情，把巴里当大人，拉了另一把椅子给巴里坐，交流半天，问了好多那边大学的情况。校长正好巡察，过来了，看到原来的学生现在归来，心情颇好，和巴里也高兴地聊起来。校长说去过两次加拿大，只是去的多伦多那边对口的语言学校，别的地方还真没转过，听老徐介绍说巴里进了全球前一百名的名校，马上让巴里回去准备一下，要给下一届的学弟学妹们做演讲，交流一下经验。巴里爽快地答应了。

　　巴里其实来的时候就希望能有这么个机会，他在校的时候，本的哥哥也来学校做过类似的演讲，本的哥哥去的大学不算多好，是澳大利亚的一所学校，巴里后来翻查过，不是什么名校，连前五百名也不是。所以，巴里认为自己毕竟算衣锦还乡，怎么也比本的哥哥的学校强，他真心希望能在那所阶梯教室里给一众学弟学妹们做下演讲。

　　那天他很高兴，回来后偷偷准备了演讲的内容，等到再去学校的时候，也把尼古拉斯带去，他们一前一后地讲了两个小时，老徐在边上搭着双手，满怀自豪地看着他。回来后，巴里的心情颇好，阿姨正好买菜回来，他看看阿姨买回的食材，让阿姨回去了，他自己用在温哥华和学长学的技艺做了一顿丰盛

的晚餐。这一天也有个不太顺利的插曲，就是到下午的时候突然停水了，小区通知要检查水压，居民们闹得厉害，申请了消防队开消防车过来让大家接水。巴里以为要停水很久，结果把家里能蓄上水的容器都拿出来，一桶一桶地拎着，反复下去，挤在一堆大妈大爷那边接水回来。晚上，他兴奋地把在学校演讲的视频放给紫罗兰看，紫罗兰一边看着他接的那些水，一边心疼巴里因为接水而被踩伤的那只大拇脚趾头，一边吃着巴里给做的宫保鸡丁，看着看着就掉眼泪了。

巴大里笑话紫罗兰，孩子那么能干，你这是做什么？我看他做的菜，味道比阿姨还好呢！

巴里也打趣起来，我就是将来当不了码农，也还可以当个钟点工到人家家里做菜做饭挣钱哟！

紫罗兰的眼泪掉得更凶了……

2. 利民

丫丫定下日子，选在公历的十月十日结婚。日子是家里的神婆给选的，原来早就没这种职业了，现在这十年，不知怎么特别兴这些，什么都请人看日子，神婆的地位在家里又高涨起来。

各个主管都不高兴，爸维修部的，妈食堂组的，帅这边包装组的，全都拉长了脸：这不才过了中秋和十一，你们又请这么长的假，这算哪门子事儿啊？

爸妈都是一样的调子，这可不是小事，这是嫁闺女的大事

儿，就是天上下刀子，也得送女儿！而且，谁知道神婆为什么会选这个日子，那定是大好的日子啊！

他们拉长脸，也只好准了假。四口子一起浩浩荡荡地回利民。

小鲁家离利民不算太远，小鲁的父母是早回去办事儿去了，定日子，订酒席，订车，订一切结婚时必备的东西。

房子早在县城就买好了，丫丫托大姑和她一道选的。本来想买个带门脸的小二层，将来总要从深圳回去的，可以做点小生意，但男方家没同意，说准备不下这么多钱。再就是，小鲁的哥前年才刚结婚，一样的儿子，也一样在县城买下房子，不能小儿子就特殊对待些，还要弄个小门面。况且，小鲁的嫂子新近才生下男娃娃，尊贵得要死，更不能屈待他们。丫丫只好同意，大姑就建议她买下县城西边才开发的一座楼盘，看着挺偏的，但价格不错，而且县城这两年发展迅速，都有好几个小公园，也有露天健身场，健身器材和城里一样，都是时新的，绝也不比城里差。现在县城西边还要挖个大的人造湖，将来这边的热闹指日可待。

婚礼如期举行，那天是很不错的阳光，有点暖，却不燥。丫丫从自己家里出嫁，选了白色的婚纱，听说是在网上订购的，才三百来块，却白得耀眼，看得奶奶直生气，不知道现在什么讲究，要穿这种颜色的衣服出嫁。丫丫给奶奶解释，中西式一体办的，她等下去酒店还会换上火红的旗袍，也是网上选购的，挺喜庆。迎亲的队伍就在这个节骨眼上过来，小鲁穿得像个蜡

像馆的假人，脸也是笑成紧绷绷的样儿，丫丫化得花里胡哨，脸上乱七八糟地涂了一片，还没化妆前好看。结果临上车前哭得稀里哗啦，哭得如丧考妣，脸上更脏相了。奶奶和妈妈也不住地哭，死活不肯上花车。小鲁他们都急在那里，不知该怎么办。

还是左邻右舍的婶娘们过来劝，不让丫丫哭得太厉害，说也是有讲究的，过门这天，哭是得哭，但别哭得太伤心，怕将来的日子都泡在泪水里了。这样一说，丫丫有些害怕，止住哭，帅把姐姐抱起来，嚯，还真挺沉的，帅喘着气地把姐姐扔在那花车里，丫丫哎哟一声。帅还有事要做，手上又拿着姐姐的一双新鞋，风俗是要弟弟给姐姐穿上脚，才能开走的。

炮仗噼里啪啦地响了好一阵，他们几辆车，呼啸着走了。

家里开始正式吃席。

爸请了邻村有家专门卖狗肉的馆子里的师傅做的，这馆子挺出名，师傅长得肥头大耳，一看就是好厨子的模样。一道一道的菜端上桌，很是讲究。大家海吃海喝。

娘儿们在另几桌，说些家常话。有人问，给帅多少随礼钱？妈笑笑地：六百。

有人叫起来，才六百？这也太小看人了，你还不让帅把六百元钱砸在他脸上，看他难看不难看？

六百元其实挺多了，给刚改口的小舅子，已经是这边的大数额了。

妈脸上有点挂不住，那旁边的婶婶姨姨们一边止不住嘴里

流出的油，一边还在唠叨，就是呀，也太少了。听说他舅家不是在西藏做什么灯的生意吗？好得不得了。说是钱数都数不过来呢！

小姑厉害，小姑抢白了。那是他舅家，又不是他自个儿家，他舅家赚再多的钱，于他家什么相干？你舅不是原来还在县里上着班的呢？你不一辈子也只能在利民了？

说的人白了一眼，仍旧对付身前的菜，还站起身子，又去舀对面的一碗汤，湿水淋淋地洒了一路。

爸那边喝起酒来，又不知怎么拼上了，几桌的男人嗓门都大起来，不知怎么分了派性，把几百年前的旧事又重提一道。那主桌上有村主任和村书记，大约又提到拆迁的事，这可是直接利益，有得闹。

这边娘儿们也在嘀咕，其实方案早定了，最迟今年末，大家的土地也都没有了。高速公路修到这边来，最后的尾款其实早过来了，村里面不知为什么压下这笔钱。现在男人们喝高了，坚决不同意村里掌握这余款，一定要分个清楚。

有个伯伯辈的说，都没地了，还有屁的村委会，我们一辈子就指着这钱了。

那边就骂骂咧咧起来，村主任倒和气，哼哼哈哈地没说什么，村主任的弟弟年纪不大，早操起一条凳，冲那个伯伯摔过去，那边的酒桌掀了，就见爸急得一脑门儿的汗，还在歇斯底里地劝着架，心疼着

他可能要赔的那些餐具钱。

　　娘儿们并不理睬，有几个过去看看热闹，仍旧回来吃，像上辈子没吃过般地猛吃，可能想把份子钱吃回来。

　　有个婶娘说，今下午没事了，咱们凑几桌？

　　大家一起报了名。一听打麻将，没有比这更让人带劲的，连饭菜也不大顾得上，抹了嘴，各自凑数去了。

　　男人那边打了一场架，又喝回来，净了个人杯中酒，菜也扫荡光了，东倒西歪地又搂又抱，好得不像发生过什么一样。村里偶或过去几辆小车，男人们把车堵了，叫嚣着骂骂咧咧，有几辆本地牌照的，大约司空见惯，闷在车里，没理会他们，等有心的女人扯开这帮男人，慢慢把车开起来，卷起尘土，一溜烟地跑走了。只一辆天津牌照的，司机有点不识时务，差点下车和这帮男人干起架来，又是女人说了好多好话，司机才知道遇上一帮醉鬼，气咻咻地开走了。

　　男人的儿子开始小声地说男人，男人的女儿开始嫌丢人，男人们转过头，又打儿子又骂女儿，村里的这条道上，演着一出又一出比出嫁还热闹的好戏。

　　现在不是假期，帅没见到盛辉。现在也不是春节，像帅这样的小伙子村里几乎都在城市，都在大城市，北京、上海、广州、深圳，所以帅觉得孤单，没有了同龄人的孤单。

　　远去的小车带起好多的尘土，老树都砍光了，因为要给高速公路腾出地方来，漫漫沙尘的感觉。庄稼现在也都不种了，以后再也不可能见到这些秋季可以得到收成的玉米棒子，还有这些苹果，这些梨。帅的乡村马上就没有了。

帅其实不知道姐姐结婚后怎么打算，好像她说干几年还是要回来的，但不是回利民了。姐姐的家已经安在县里，就像那些拼死读书的大学生，然后又拼死干活的白领们，他们都会在陌生的地方，重建自己的小家。

帅一直在想，这些酒醉的男人，这些酷爱麻将的女人，这些乡村的风景，他是也要远离了。

帅现在变得越来越爱思考。他得好好琢磨琢磨，没有地，他就没什么归宿了，他怎么能在这个世界里尊严地活下去呢？

3．深圳

生产比想象中的难多了。峰开始以为，只要设计出来，拿到生产商那边去，就可以坐等产品出厂。

其实，绝不是那么回事儿！

先是让工程师一遍一遍地修改里面的电路设备，一遍一遍地改良，一遍一遍地测试——工程师说，这个不能催的，这是安全质量问题，如果不过关，产品不合格，不能通过许多检测，就算是侥幸通过了，将来还有后续的麻烦呢，弄不好，还会出人命的！

工程师是表舅妈托人找的，是表舅妈同学的老公，在这行做了二十多年。

峰跟着产品检测的这些日子，终于打心眼里明白，工程师真是让人尊重的，做起活儿来简直一丝不苟。表舅妈挺自豪：我们这代人，你得放心，真是一点点干出来学出来的，而且，

到了这种年龄，熬到现在这种状态，怎么也不会让任何一点小小的问题毁了自己的声名。

那个有些谢顶的工程师笑起来：其实确实是小玩意儿，我加班给你们弄出来吧。想想你们九零后都能自己创业，开发自己的产品，确实不容易。你放心，活儿保证给你做得没问题，而且，你也不用担心费用的事儿，我是免费给你做这张电路板模板的，测试全面没问题，你们就可以批量生产了。

峰千恩万谢。电路这边不用操心，但还得跑开模的事情。模具说好了价钱，然后开始调色板。色板是最麻烦的事情，调了几十次，连那边的老板都不耐烦了，但是峰，还有张小姐他们几个，都是艺术类毕业的，对颜色有精细而且近乎挑剔的要求，少一点色泽多一点光彩都不行。要哑光的，因为显得高端；但又要有亮度，因为显得时尚。红，不是粉红，不是玫红，如果浅了，就显得有点稚气，没有文艺感，如果深了，就偏老气，有脏相，而且没有抓心的第一眼的眼缘。是那种养在深闺却已经见识了世面的大家小姐，带着全球性的归属感。老板的头都听炸了。看着峰带过来的色板，只叹气，抓耳挠腮。这样，终于调出了芭比粉、春天绿、柠檬黄、活力橙。张小姐不大喜欢这些命名，她觉得应该起些更优雅更有范儿的名字，但峰说，如果太过，就有点曲高和寡，我们是要起量的，是大众消费产品。张小姐这才噘着嘴，勉强接受这些俗气的命名。

又开始跑各种各样的配件，连接头、线材、USB 口的制造、电源，……。师弟对深圳不熟，而且还得做网站和产品的推广，

张小姐得接单，还得做创意设计。只有峰去跑这些。幸亏小莫有辆车，可以接送峰，从龙岗到西乡，从西丽到坪山，穿过大半个深圳来做这件产品。峰晕天黑地，在车上有空闲的时候和小莫聊天，没想到一个这样小的东西，要组装成成品，得耗那么多的材料和工夫。

小莫笑，我们都以为挺简单的。不过现在做起来，以后上了路，就真得应该容易了吧？

峰非常疲惫，点支烟在小莫的车上抽起来。张小姐、小莫、师弟几个都抽烟，转回头给巴里一支，巴里笑着拒绝了。

巴里这趟回来休春假的。原来和巴里也不太熟，因为没怎么一起成长过，但在这种异乡，因为那种牵连着一点血缘的关系，让他们觉得彼此特别亲切。何况，深圳也就表舅是真正意义上的亲人。

巴里说：我看了下你们的网站，可以翻译成英文的，应该不难，你把原始资料发我，我翻译好了传你吧？

峰赶紧谢了，然后问，国外累吗？

巴里点头，其实学习比想象中累多了，得真枪实刀的一门一门地过，不然，巴里做了个咔嚓抹脖子的手势，意思是就挂了，得打道回府。

巴里说，你们这个样品，我也看了，你知道，加拿大那边，和这边的电源规格不一样。如果要推广到那边，你们又得改插头标准的。

峰点点头，我明白的。

表舅妈对孩子说起来是不宠的，这趟巴里回来，让跟着峰，多学点东西，还叮嘱峰，有些重活累活，也可以让巴里来干。但峰不大好意思，觉得巴里毕竟还是孩子。他像巴里那个年纪的时候，妈从来不让他干任何重活，真是宝贝疙瘩一般地疼。虽说是县城，没有巴里生长的环境好，但所有天下的母亲，对孩子都是一样心疼的。

小莫说，你们今天想吃什么菜？

小莫其实更累吧！还要给他们做饭，打扫卫生。巴里问小莫，你做些什么工作，小莫回答道，开车送货、开车送峰、采购原材料、做饭、洗碗、打扫卫生，……我就是一打杂的。

峰听出小莫的不满，他认真地对小莫说，你要觉得累，吃饭啊打扫卫生一类的，不用做了。

小莫停半晌，很久才说，我要不做，你做啊？

峰就没再吭气。

有时候，峰想想，小莫确实不容易，还是个有孩子的妈妈呢。本来生活并不差，如果辞职，完全可以和楼下的阿姨去打打小麻将的，何必和他们这样耗着呢？又出钱又出力，现在还当他们的全职司机了。所以，峰觉得小莫在他面前耍耍脾气，应该是有资本的。小莫是个识大体的女生，不大想和张小姐争什么，还是把张小姐放在原来公司中层领导的位置上，对她仍旧很尊重。所以，小莫真有什么委屈，完全可以在峰这儿傲娇，他可以承受。

厂房在一片工业区里。做线材的厂家挺忙，不只是生意上

的，还有准备要搬迁。这下峰有些心慌，快到第一批交货期了，可不能这样掉链子！厂长说，没办法，市里要求抓防火，所以得修改消防墙体，说我们这些都不合格，必须重拆再建。本来房租就高，如果拆了再建，不搭进更多的钱吗？还是搬到光明去好了。

峰着急，那怎么办，我的货你能如期交吗？

厂长大手一挥，肯定交得了啊，我答应你了的，就做得了啊。

峰看着出出进进搬家的工人们，有点心慌。

厂长说，你放心好了，我们一天到晚出这么多货的，都有计划安排生产的，好多，还是别的公司要发往国外的，不会耽误事。

接连接了好几个电话，都是看到他们众筹广告后，有些贸易商要求大批量订货的，连一些大的网络平台、商务平台都找上门来了。

他们非常高兴，细细地算下来，如果把头批众筹的发完货，后面每个月都有三四万只的销量了，那就真的不错。

表舅说，你们还是得把明细账做清楚，不要只随便记些进账出账，成本核算起来挺麻烦。我有些同学，像我这样的，学技术出身，也不是搞商业的料，以为某种产品销量不错，自己接手做起来，到最后，虽然红红火火热热闹闹的，但结果根本没赚到多少钱。所以，生意不是一件简单的事，还是大有学问的。

表舅妈调侃，是啊，所以你表舅现在是能人，不光技术和管理，连财务也精道了。

表舅妈又问，前期款要回来了吗？押在众筹那块儿的？表舅在这上面，已经零零碎碎地垫进去五十多万了。众筹结束后开始陆续发货，得给买家一个周期，还得给帮办众筹的那家公司一个安全期，如果有退货的可以做退款，所以，回款不像表舅妈想得那么快。但毕竟贴了这么多钱在里面，表舅妈面上不说，但峰知道，也许私下里骂过多少回表舅的。虽然从公司一上线产品开始，峰就听从妈妈的建议，硬是拉着表舅在工商局进行股权分配登记，让表舅占了百分之四十的股份，虽然峰在白纸黑字的登记注册里，自己是公司的法人。妈妈说，如果不是表舅帮你，你们不可能做什么产品的。峰说，那是那是，公司别的人也全明白。妈妈说，这样，以后有什么事，你表舅也能帮你担待些。峰想了想，仍旧答道，那是那是，我明白的。

第三节

1. 深圳—利民

尼古拉斯的妈妈打电话给紫罗兰："他们说要去助学，说是要得辅助学分还是什么用的，他们说是要去贵州毕节还是凯里的什么地方，我说这两个，自己还是娃娃呢，真不放心他们去那种地方，人生地不熟的，……"

紫罗兰吓一跳，巴里这次回来只能待二十天，还要去外地

助学？"不是说去西藏旅游也行的？我听巴里说，也是要修满什么学分还是要交一篇社会论文什么的，想去拉萨呢！"

这下两家都急起来，死活不答应。最后还是尼古拉斯那边出了主意，他爸公司里原来他们认识的那个叫帅的小伙子，可以陪他们去自己老家一趟，弄出考察社会报告的一篇论文来。

两个人并不是很高兴，都说了相同的话："我是一个人在那边自己搞定任何事的，一点麻烦也没有。到了说自己母语的母国，你们还怕我们丢了？"但知道拗不过父母，只好随了那个叫帅的小伙子，一同去了他们老家。

也就一年多没见，帅已经长得很高，又胖又白。巴里笑他："你吃得挺好的吧？看着你，就觉得尼古拉斯爸爸的公司，简直就是世界五百强，只有这种福利，才把你养得这么白白胖胖吧？"尼古拉斯推巴里一把，帅只在一边呵呵地笑。

说起来，帅才算是小孩子，还不到十八呢，要照顾，倒是真得照顾他。但帅很能干，眼里老有活儿，除了不敢随便到问讯处打听事情，肩扛背驮手拿，什么都干。他们一路坐高铁，转动车，转大巴再小巴，最后来到帅的家。

帅早打过招呼，父母因为都在尼古拉斯爸爸公司里打着工，家里就剩下奶奶和一个犯哮喘病的婶婶，村里不算热闹，全是孩子们，大大小小的，奶奶和婶婶已经把巴里和尼古拉斯的房间拾掇好了，挺干净的——除了厕所，这是巴里和尼古拉斯总不能克服的，心有余悸。他们当着主人的面还装得人模狗样，像是有教养的城里的孩子，但背了面，等主人一转身，就捂着

鼻子夸张地表示，决不喝太多的水，把屎憋回深圳再拉吧，或者，至少也要憋到高铁上。帅其实听见了，只笑笑，不作声。

第二天就带他们到村里转悠，走过那片水泥地，据帅说，现在村里挺好的，路路通户户通，因为大片的土地被征，已经开始建高速，给村民都补偿了好多钱呢，所以现在日子挺好的。巴里问："农民要是不种地，那农民做什么呢？那我们哪里来的粮食呢？"

帅摇头，不置可否。他的地没了，父母的地也没了，可是现在多少有了点钱。他没告诉巴里和尼古拉斯，他小姨小姨父在前边县里，比他们早征地三年多，拿了钱，去深圳，早已经盘下一家水果直销商的店面。他爸妈也准备像他小姨小姨父那样盘一个水果店面，先学个一年半载，已经做好打算，这次帅回去后，他们三个人都辞掉尼古拉斯爸爸公司的差事的。

巴里问："你们不种地，你们的粮食怎么来呢？"好像爷爷那边，叔叔伯伯们每年就是靠自己种下的粮食来过日子的啊。

尼古拉斯翻着白眼："肯定是买啊，哪里没有米卖呢？"帅仍旧笑，稍稍地点下头。

巴里想不通，如果农民都不种地，哪里买得到粮食呢？都去进口吗？像新加坡的同学说的那样，全部农产品都是从别的东南亚国家进来的——可是新加坡多小啊！中国的人口，天啊！加拿大人，总是听着隔壁美国人的言论，害怕自己的国家都被中国人占了去，他们说，中国人会把他们一口一口地吃掉呢！嗬，这才好，还吃人家呢，现在自己快没得吃了吧，因为农民

不种地了啊！

尼古拉斯仍旧朝他翻白眼："为什么帅就必须种地？这不是明显的不公平吗？"这小子在国外学的也不光是网游的英语，厉害了，还学了点民主和公平。

学校修得很漂亮，有个院子，说是平常可以做操还可以上体育课用。三面三层的房屋围起来，有老师办公室，有校长室，还有一间间教室。左边的大黑板上，大概是宣传用的，写的立体彩笔字：再穷不能穷教育，再苦不能苦孩子！不过，很奇怪的，学校里挺安静，没有学生上课。

有个婶婶跑过来说："今天不上课啊，都通知了，一个老师病了，去县城医院了，另一个老师开会去了，也去的县城。"

巴里他们大为惊讶："这么大个学校，只有两个老师？"大为不解地看着门上挂着：一年级、二年级，……

那婶婶挺奇怪地看着他们，又给帅说些什么。帅解释，他们历来只有一个老师，这两年，还多配了一个呢！

"两个老师上所有年级的课程？上所有的科目？"

帅说："是啊。"觉得巴里他们问得倒奇怪。

巴里说："这上面不是写的'希望小学'吗？希望小学就是这样的？"

尼古拉斯很不以为然地瞥一眼巴里："希望小学是希望工程捐款建造的，可是并没有给学校配备老师的义务吧？"

他们只好从学校返回了。村里有特别小的孩子在街上玩耍，上学了的孩子都窝在家里看电视节目，还有的，也在家里玩游

戏。帅带他们去了他一个表哥家里，表哥家三个孩子，两个女儿是大的，一个儿子是小的，都上了学，客厅里摆着台破旧的电脑，好像是老早的486，因为家长没在旁边，三个孩子挤得嗷嗷叫在玩游戏。帅说两个女儿："你奶奶回来了，又要骂你们，拿杆子挥你们！你奶奶最重男轻女了，当心被她瞅见你们欺负弟弟！"没人理帅，也没人理巴里和尼古拉斯，奶奶在厨房里不知捣饬啥，看见帅他们走了，还声若洪钟地打招呼。

走得略为累了，帅带他们到另一家去。巴里问："怎么哪家你都能随便进？"

帅说："都有点亲戚关系。这家是我三姨婆家的女儿的大伯子家，你们叫叔就行了。"帅进去前，有条很凶狠的狗在里面狂叫，帅没理它，它啾啾下鼻子，把眼睛虎视眈眈地盯着巴里和尼古拉斯。

尼古拉斯小心地躲在巴里的身后，巴里其实也挺害怕的。紫罗兰说过，城里的孩子，村里的狗，都不是好对付的家伙。有个精瘦的男人过来，把狗上了链条，锁在院子里的一棵石榴树下了。

男人有点年纪，头发稍有些秃，不笑，看着特别严肃。但对巴里和尼古拉斯挺客气，让他们进来。院子还算干净，他们随便看看，觉得无聊，仍旧盯着让他们害怕的狗。

"从外国读了书回来的？"男人问，倒有点好懂的普通话夹杂着。

巴里他们忙点头。

"哪些外国？"男人又问。

"加拿大。"

"哦——"男人若有所思，在记忆里搜寻这个国家。

"台湾什么时候收复啊？"他很认真地问巴里和尼古拉斯，巴里懵住，从来没想过这么高深的一个问题。"那么，我们什么时候和小日本开战？咦？不是为了钓鱼岛吗？还有，我们对美国还得强硬啊，不然，又把我们小瞧了。不是抗美援朝，美国佬能那么服我们吗？北京奥运会，金牌比他们国家可多了去了，唉，英国的奥运会，又被他们追上了。"

巴里不知道该怎么回答他。看着他那干净整齐的小院，实在憋不住在他家上了趟厕所——也是挺干净的，用黑土把屎尿都埋了，所以没有难闻的恶臭，也没有让人完全无法卒睹的秽物和软体动物。盖着层勾纱布的电视机，板硬的木凳，他在自家的小宅里，还关心着国际大事。

"什么都不知道？那你们到外国去干吗了？白浪费了。"他们没弄懂他所说的浪费是指什么，时间、金钱，还是别的？但是他决断地轻蔑地说，给巴里和尼古拉斯的海外求学，评定了很差的分数。

2．深圳

从老家回来后，帅的心思有点走神了。

他现在爱思考和思索，他将来的路，该怎么走下去？是像爸爸那样，小姑父那样，原也是不错的，一样可以有个美好的

人生。然而，他现在有点活络了，他不是说多羡慕巴里和尼古拉斯的这种活法，他们和他相隔太远了。帅是个务实的人，从他开始逃学起，他就像村里大多数成绩不好，然后出外打工挣钱的孩子一样，变得务实起来，和祖父父亲过一样的日子，也没见得有什么不好。

王胖的理想不是很不错吗？再干几年，孩子大了，也许会回到老家。——话说回来，这可能是遥遥无期的问题。像爸这种年龄，城市有多少这样的农民工仍旧在打拼？他们也不想过安逸的田园日子——现在田园生活已经满足不了日益增长的消费，也满足不了曾经对田园的那种理想化的想象，一亩二分地，老婆孩子热炕头。而且，他们的地也一点点减少，直到彻底消失了。他们再回去，还能做什么？

王胖说，可以开家小杂货铺啊，这样很不错了。或者学点做麻辣烫的手艺，嫂子的娘家就是做豆制品生意的，在家里还过得不错。无论在外怎么好，还是不如在家里舒服，总是要落叶归根的。

大家伙儿都笑，这才多大年纪，还归根呢？

帅想到爷爷的去世，归根也没有地方安葬了。心里越来越觉得有点哲学的意味。何处是家乡？

一想到深的地方，帅就后悔死自己当时学习的不努力，自己怎就那么蠢，会去逃学？他不想打听盛辉的事情，听说学得也很辛苦。爸老是摇头，说现在大学生没啥用，爸指的是考得不太好的大学的，这可是大面积的大学生。爸有时候说公司里

的那些白领，中看不中用，力气活儿不干也不想干，真出本事的活儿却又干不了。我要是他们的爹妈，我也着急。爸算得很仔细，因为公司的白领是没有宿舍的，这一项的开销就相当大。钱未必挣得比他们工人多多少，还得负担住宿费，要知道，在深圳，租房子得多贵。家里因为出去租，也了解这个情况。但爸想，那些小年轻，老想在深圳待，在深圳谈女朋友，怎么都不可能花销够用的。这读书有什么用？

帅觉得爸说得很有道理，如果真比起来，那些白领还真没王胖过得舒爽，也没帅这四口之家过得开心。可能人没有多少欲求，就会非常快乐。爸说他走的路比帅过的桥都多——这好像是爷爷原来老对爸讲的话，爷爷一对爸不满意的时候，就老是用这话来刺挠爸。其实爷爷这辈子真没出过几趟远门，据说最远就是到过天津，也就在那里待过一个月不到。但爷爷的年龄放在那儿，所以，阅历就不让爸有半点辩解。

帅不是个愣头小子，一直听话惯了，好像从来没怎么和父母闹腾过。但帅现在见的世面不少，他不相信，这辈子，他真的就像这样下去了？没见没识地，出来在城里逛了一圈，又回到老家，再过上那种每天喝酒打麻将的生活。

他想到有一次来他们村的那个孟姨。孟姨是市里的，在一个政府单位做着什么宣传工作，那趟过来下乡考察。孟姨倒不错，不想听村主任村书记的汇报，选了帅的家里，非要在帅这边吃住上几天，说做点接地气的调研。

那会儿，妈挺高兴，顿顿给孟姨做不重样的菜，连每天的

早餐都不是胡乱对付。跑到邻居家，今天揪点小油菜苗，明天挖点蒲公英种子，后天又到地里翻出些长寿菜，然后，蒜茸炒，干椒爆，裹面粉蒸，把个孟姨吃得喜坏了。孟姨说，她原来也是农村长大的，所以喜欢吃这种乡村味，有那种回家的感觉。

妈有点羡慕孟姨，也是农村的？怎么就到城里扎根了呢？还是个了不起的女干部呢！

孟姨说，当时考上大学，就分到市里的单位去了，然后就在那边找了老汉，便一直在城里生活。孟姨挺知心地说，现在的小孩子都惯坏了，我那小子，孟姨点点帅，也和他差不多年纪，什么苦都不想吃，娇生惯养，这算是真废了。

妈挺羡慕孟姨，看看也和自己错不了多少岁，也是从小在农村长大的，而今人家多出息，面皮白白嫩嫩，衣服也考究，又有文化。

孟姨说，你们家还好，也没出去打工，现在农村已经不像农村了，都剩下些老人孩子，有点体力的，不管男的女的，全都一窝蜂往城市里跑，把自己的家也不要了。

妈笑笑地不好说话。那时他们也有打算了，准备下年就出去，已经和小姨他们打听好，深圳那边的日子过得还不错。

孟姨说，你看看你们这里，水也净，空气也新鲜，把农村的传统保持下去，真的是最好的事儿了。还有这些野菜，到哪里能寻到这些水甜甜的野菜？你们一家一家地都走了，那这些村还怎么留存呢？每一个村落，都是祖上留下的瑰宝呢！你们是守在这片宝里啊！

爸一直在边上不吭气。本来还觉得孟姨挺能耐的一个女人，有知识有见地，而且，也一样从农村出来的。爸是顶瞧不上女人的，不管她们有多少文化，老觉得大老娘儿们就没什么可说头的。可这孟姨讲话先开头还真有点让人佩服。然而，讲到这里，爸咻了鼻子。

什么玩意儿？兴你出了农村，在城里过上好日子，就不兴我们出去转转，也见识见识城里人的好日子？你让我们待在农村守着啊，守着你好转天儿过来重温家里的梦，小时候的生活啊？你有这份恋旧的心思，你自个儿怎么不好好在农村待一辈子，偏让我们去做博物馆呢？

妈扑哧笑出声来，可能从没觉得爸的这点幽默。这话没当着孟姨的面讲，也是人家走了半天一晌午后才发出的牢骚，妈还笑话爸，可能把爸已经憋得够呛了。

帅想，是啊，为什么我就非得在农村待一辈子呢？

他是真不想在包装组干了，现在，他已经是包装组的熟练工人，闭着眼睛也不会出错，但是，他不想这样长长久久地干下去。

爸说，你要不学点焊锡或者检测什么的手艺，我去给主管说下？

帅摇头。他真不感兴趣，他对公司的这些一点兴趣也没有。他也想有挑战性的事情，他想要做一件他愿意付出所有精力肯干的事情。

就像逃学那趟，他无缘无故地下了那么大的决心，现在，

他也觉得他照样可以下个决心，颠倒众生呢！

那个年轻的开着淘宝店的小伙子说过，这是最好的时代，我们可赶上了！他当时是对着那几个和他一起埋头在电脑里忙着的年轻人讲的。

最好的时代，凭什么我得落下呢？

帅七弯八拐地摸到了那个淘宝店的别墅前，他摁了铃，他记得那趟他们说过他们现在真是缺人手，包装都包装不过来。那么，他还是可以先从包装做起吧。

3. 深圳

现在峰活得一点也不艺术了。

早上真的是不想起来啊，太困了，但张小姐还有师弟也在赖床时，小莫已经过来。小莫也配了钥匙，门不用再拍得啪啪啪地山响，叫他们快点起床。

峰夜里一般两点才睡，今天听到小莫的叫唤，看看手表，不是才六点吗？

小莫说，你忘记了吗？测试的那家，今天要去取货，他们这两天安排员工出游，听说是九点就要准时出发的。

峰说，现在不才六点吗？天还没亮透呢。

小莫说，你得赶在他们前边赶快去啊，不然，万一他们走了，两天啊，两天的时间，我们到哪里去发货的？

峰咕咕噜噜地，不是还有三个小时吗？

小莫急起来，求人的，不是人求你的，这是你舅托他朋友

给我们安装测试老化的，你不急，人家更不急的。

峰起来，刷牙、穿衣、梳头。原来他是个讲究的人，出门前光头发都要弄一个小时，左摆右治的，弄出自己满意的发型来，妈和姐原来都看不上这点，问前后有什么分别吗？峰老是嘲笑她们，还是女人呢，连这么大的区别也看不出的吗？妈和姐就讪笑，以后也习以为常了。然后细细地洗脸，上泡沫，刮胡须，搽须后水，最后开始挑衣裳。他喜欢衣裳的搭配和自己的心情还有天气有关，他很容易就在千件万件的 T 恤里看到最夺目的一件，也能在千条万条的裤装里，找到搭配某件 T 恤的那条。这是本事，学了十多年艺术的人的本事，老天爷给的那双慧眼，充满艺术细胞的。最后，才配鞋子。

小莫看着他做这一切，倒没有不耐烦。比起从前，峰已经快得太多了。她想起她刚见峰的那个日子，天气很好，淡蓝的天上甚至有几朵没有人发现的云彩，道路旁开满了箭杜鹃，热闹得让人应接不暇。峰羞涩地和公司里的每个朝他微笑的人打招呼，他的眼神有一种纯洁的安静，和这座城市不相符的某种从容，慢腾腾的脾性，可以把每个日子过得像夏尔丹的洛可可油画一样安宁的男孩子。

小莫有时候会想，他为什么要来深圳？这么匆忙的城市？他是去看过大芬油画村的，也听他说起去过北京的宋庄，他是因为艺术的贫穷吗？艺术家作为一种职业的无法生存吗？所以，他来到深圳，这么喧嚣的城市，据说比别的城市要机会多多的地方，因为私企民企的繁荣和昌盛，而且已经形成格局，

所以会更有希望？所以会有自主创业的梦想？

　　峰在副驾驶位上睡着了，嘴微张着，抱着双臂，蜷着脑袋，身子弯得有点像只煮熟的虾。他的唇上有硬硬的胡须茬，腮两侧有模糊的络腮胡的印迹——小莫看着他，心里有点疼。他像一个弟弟一样，其实是弱小的，没有一点背景，没有任何后台，憧憬着远方那若有似无的理想。而且，他是知足的，心善的，总认为现在生意的红火，完全是靠着表舅的帮衬。所以，剩下的活计，他能承担得全承担着，再也不是妈妈的宝贝，也不是原来姐弟恋里那个需要被呵护的男朋友。小莫叹一口气，她是喜欢他的，欣赏他的，做人的那点虚心和教养，不知道怎么被那种小县城的父母培养出来的。而且，他的身体里，应该是有一腔的火焰的，需要燃烧，需要绽放！

　　供应商说话没几个算数的，都到规定时间交不了货，交得了的，又大多粗糙极了，不是峰想象中的感觉。纠正了好多次，峰自己都觉得绝望了！

　　表舅劝他，这个不是艺术品，这是生产线上生产出来的消费品，你怎么能拿艺术家的眼光去挑剔它呢？只要质量可以，就可以了。

　　峰不想和表舅理论，一来他是长辈，二来对自己的产品，峰觉得有挑剔的权力——这可是他的第一个设计品啊，那是可以流传下来的，至少在历史的长河里有过波澜的。

　　表舅说，你得想想，你这样一件东西，卖多少钱？你能用艺术的眼光去丈量它吗？它不值你要的那个优秀的价！如果你

这样精益求精，你知道生产出它来，要耗多少钱的材料，要耗多少人工吗？艺术品，不是像这样批量生产出来的，不是吗？

峰叹气，妥协下来。核算一遍又一遍的价钱，真正的利润其实没有想象的那么多。而且，前期押在众筹公司那边的款项，还在一天到晚地催，过段时间回来个十万，过段又催，再回个十万。如果没有表舅在那里支撑着，他们自己，就是借得来这么些启动资金，后续也要被赊账压垮的。

有次表舅妈问他，将来是不是准备走这样的模式？小团队设计出产品，然后上线销售？

峰点头，说是，以后准备一年出一种新产品，反正他们的设计能力还是不错的，张小姐，他，还有师弟，那么多年的学也不是白上的。

表舅妈说，也好，不过你妈老担心你的个人问题，有空也该谈个女朋友了。

峰低下脑袋，我总觉得，我得三十好几才有这个可能吧，现在都没闲情也没闲工夫考虑这些了。

表舅妈笑起来，哪有这样说的？女孩子不是说到你三十几岁的时候才可能出现的，如果觉得好，就谈谈恋爱吧。男孩子，事业很重要，但感情生活一样重要啊！你妈可是操心得不得了呢！

峰其实想说，我现在觉得很快乐，真的，虽然刚上路，每天焦头烂额的，但就是觉得快乐。看着自己的作品被生产出来，装在精美的盒子里，写上祝福的话语给我的那些客户，我真的觉得特别高兴。我想持续这样下去，没有想过女朋友的事！但

峰终究没有说出口，只点点头，表示同意表舅妈的意见。

妈仍旧每天一个电话，从高中到商丘读书就养成的习惯。开初挺烦的，后来成了功课，每天必做的，反而妈哪天没到时间打过来，他自己心里便有点慌乱，会立马拨过去呢。

爸身体好像不是太好，还进过一次医院，都是姐姐姐夫给侍弄的。姐姐在县里防疫卫生站工作，还有两个孩子，虽然平常工作不算忙，但到底得守着点儿。还得巴结同事和领导，因为这生二胎的事，是做了假的。当时请假回姥姥家生的，当众说起来，总是说是自己表姐家的孩子。因为没上户口，同事和领导也就睁一眼闭一眼，像别的生二胎的同事一样，她们都低调，不敢张狂。所以爸生病的事，也真是劳烦姐姐了。妈没怎么多谈爸爸，只说让峰放心。旁敲侧击地问了下峰生意的情况。

峰说，挺好的，忙死了，都忙不过来了。原来的同事都周六周日跑来帮我包装，累坏了。

妈笑道，原来的同事？都是女孩子吧？妈也知道，峰最结女孩子缘的。

峰没否认，确实是，她们都挺好的，很帮忙的。

妈过了半晌才说，你说，你这从小学的画，大学也忙这个，算不算白读那么多年的书了啊？

峰愣一下，怎么会？我又从没放弃画画过呢。过会儿，就挂了电话。

外面已经挺黑了，这所社区里，还是因为偏僻，基本上入住率很低，没几家有灯火，晚上他们没事都不会出去，阴森森

的，还是有点害怕。

峰在网上跟一帮买家聊了最后一通，看看表，又是第二天凌晨一点了。他伸个懒腰，在水池那边洗把脸，回到自己的小卧室里，把放在墙角的画板打开，开始调色板，在画布上慢慢地描画。

谁都以为他可能放弃绘画了，连妈妈都在替他可惜。可是，谁又真知道，绘画是他的又一条生命，他所做的一切，其实是为以后能从容地画画而积攒的一切呢！

第四节

巴里现在认识了一个女孩子，英文名字叫蕾娜，比巴里晚来半年，但很快就从语言学校申请到了大学，现在和巴里是同一级的，不同系。

蕾娜是在群里借书时认识巴里的，个子挺高，长发披肩，细腿又直又长，瘦成一道闪电，是巴里喜欢的类型。

有一次紫罗兰说他，你喜欢的全是王思聪喜欢的类型，可你要记住，你爸却不是王健林！巴里既不知道谁是王思聪，更不知道谁是王健林，但蕾娜全知道。蕾娜不光知道这些，还特别想让巴里教她打游戏，DOT，或者DNF，都行。相好的一帮朋友都调侃巴里，说大约蕾娜看上巴里了。蕾娜虽说身材是现代标准型的，但长相一般，在这批荷尔蒙刚刚开始萌发茁壮的男孩子眼里，实在算不上美女。有几个甚至劝巴里，钓一个美

女不行吗？

但巴里潜意识里，最重要的品质还是那种学霸具备的，成绩好，上进，而且，不拜金。蕾娜似乎这些个性都有，而且，她还劝导巴里去做公益，当义工。巴里答应了，想见识见识也好，结果蕾娜帮他全报了名，什么姜育恒的"再回首"音乐会，加拿大华人华侨纪念世界反法西斯战争胜利暨中国人民抗战胜利七十周年系列活动，温哥华中秋晚会，几乎都给他报上。巴里开始觉得好玩，结果第一场就累坏了，在后台忙活半天，又被人赶到门口站岗，站了好久。一哥们跑过来才问他要不要吃饭。巴里看到终于有人想起他，感动得连连点头说要，那哥们便给他一个盒饭。然后巴里问他在哪吃啊？毕竟穿着西装礼服，随便吃饭到底不像样。那哥们回答说，随便啊。巴里当场无语，又说句总得给我个地方吧？那哥们指指角落，说：就站那吃吧。注意，是站。因为别把礼服给弄皱了！巴里叹一口气，到角落里，打开盒饭，已经无法用言语表达自己的心情了。

紫罗兰说，唉，你是没吃过一点苦的，有免费的饭吃真还是不错了。巴大里笑起来，你为什么不告诉他，我像他那种年纪的时候，揣着半张五毛钱，混过售票员，从汉口的水厂路一直过江到武昌的螃蟹甲，回来时，揣着找回的零钱，仍旧一路瞒着售票员，又从武昌回到汉口的？那时候，可最怕售票员发现我那张五毛钱是半张的，不然的话，不光没有找头坐下面的车，还得用脚从汉口到武昌走两个来回，就别提中午饭了！

紫罗兰说，你都快像你父母了，到这种年纪，也用他们曾

经对我们的口气来忆苦思甜的。而且，蒙混票款，真不值得给孩子说！太不道德了！

巴大里摇摇头，你太惯孩子了，每个人都得付出努力的。你看看峰，现在多辛苦，而且多上进！就是因为看中他的干劲，我才愿意给他做这种风险投资的。

巴里不是特别喜欢父母老在提峰表哥的成绩和努力，有一次，在紫罗兰说他不知甜中甜的时候，拿他又和表哥比较时，巴里有点不高兴地嘀咕："我不觉得他是白手成家的，他不是因为我爸对他的投资，对他生产的帮忙，他能有那么高的起点吗？"

紫罗兰说："但是他努力啊。而且他的可行性报告，爸觉得完全可以实行啊！"紫罗兰说，也许白手成家在这个时代确实不太可能，但你先要有个项目方案，人家才会帮助你，借力发力。现在整个国家也帮助这些个人创业，P2P、众筹、孵化器。

巴里把这些讲给同学听，有的同学觉得他表哥这样创业确实不错，毕竟用了所学的东西来创造自己的产品，有的同学倒嗤之以鼻，小看这种淘宝上的小打小闹。蕾娜有自己的观点，觉得在年轻的时候，像他表哥这样的努力，不失为人生的一种经历。如果自己没有想法的话，就是父母家财万贯，也会马上败落光的。她说起父亲的几个朋友，有几个九十年代就开始做房地产生意，确实发了很大的财，结果传给下面的子女，五六个亿被这些富二代们，两三年便败了个精光，都是八零后的一代，还在房地产已经开始不错的时机，仍旧没有把握好机会，

结果就输得那么惨。

巴里问："其实现在人们对于成功的评价，还是赚钱的多少吧？"

蕾娜想想说："那倒不一定。如果你帮助了世界上大多数的人，即使很贫穷，也算是成功吧，比如特蕾莎修女。"

巴里笑起来："怎么感觉像在国内上政治课？"

蕾娜也笑起来："不过，不管怎么说，还是不要太贫穷了。我们受教育的本质，不就是在以后的人生路途上，得到自己的幸福吗？"

巴里说："我一直在想，如果老是以金钱衡量一切的话，那要那些科学家医生数学家画家作家做什么？大家干脆都从一开始就学习怎么赚钱好了，怎么经商好了。而且，我们学了那么久的知识和文化，总是对以后从事金融或者房地产那些，并没有产生多少使用价值而取得巨大财富的人，充满了崇拜。好像我爸，一直是学化工的，后来入行做了护肤化妆品领域，开发了一款可以让皮肤消除疤痕的产品，你说像我爸那样的，肯定没有什么煤老板房地产老板有钱，更别提华尔街还有金融街上那些玩转钱的，搞泡沫经济的，但我一直认为，他却是解决了问题的人，难道比那些大亨大鳄不值得更被尊重吗？"

蕾娜说："你爸是很值得尊重的。我是真崇拜你爸那样的人。如果我们这一代，多有几个像你爸那样的，也是会让整个社会进步的。说到底，太多的钱，不能解决根本的问题的话，还不是没有任何意义！"

　　巴里说："每个人都有理想的。我的理想并不是说要挣好多好多的钱，当然，钱多也不是坏事。我只是想干我自己愿意干的事情，并且愿意付出时间和一生的精力的事情。"

　　蕾娜说："巴里，其实，你进步了！"

　　峰有时候会揣摩巴里休息的时间和他联系下。峰告诉巴里，这段忙完，他们团队又要研发一款新的产品，现在这款插座，已经着手让技术那边改进了，本来准备做万能插座的，听说有安全隐患问题，所以请工程师还是照着欧规英规美规的标准来设计，到时候准备先往美国和加拿大那边推广，请巴里费时帮下忙。

　　巴里满口应承，点头答应，让把网站资料传给他，他还可以完善下。虽然他学的计算机是硬件理念，不过，软件的操控他觉得自己还是可以处理的。

　　峰谢了巴里，到最后，敲下一行字："我会给你酬劳的。"

　　巴里打了个笑脸回复他，但一本正经地说："我们是亲戚啊，就别提钱不钱的了。反正我也可以练练手，毕竟还没毕业，也不知做得有没有合乎你的想法呢！"

　　峰后来把巴里的事告诉了表舅妈，表舅妈唏嘘慨叹一番，说是有个女同学带着巴里，现在真长大了，懂事了，也成熟了。有些理念，可能和做义工也有关系，不再斤斤计较。

　　峰闲闲地问那是个什么样的女孩子。表舅妈说，挺不错的，成绩也好，而且，从来不炫包啊奢侈品啊化妆品啊一类的，家里环境不错，但父母从小没娇惯，挺能干的。

　　峰告诉表舅妈，其实巴里一直是个上进的孩子，看他交什么样的朋友就知道了。所以，巴里应该是会努力的。原来贪玩，喜欢游戏，现在有事情做了，连想法都和从前不一样，有思想多了。

　　峰现在特别忙，又招了四个人，一个专门做质检，一个打插座上的花瓣，另两个就是纯包装了，加班加点地干。这次碰到十一休七天，连张小姐和师弟都不闲着，每天忙完手上的活儿，就赶紧到地下室过来帮着包装打货。因为快递公司五号才上班，所以他们逼着供应商把半成品能发多少就发多少，一起组装。

　　地下室被保安查过两三次，三令五申地告诉他们这是违反消防指令的。因为一直和保安处的关系不错，所以过节时就没有太苛责他们，而且，主要是这片暂时还没多少人居住，隐患不明显。但这种事情也不好拖，峰找表舅商量，决定工贸分开，把生产线拉到关外去，虽然只几个人，但以后总要铺开场面的。

　　现在峰又得忙着在科技产业园租办公室了，租金确实贵，但气氛完全不一样。表舅说，如果做生产型的，而且是自主设计的产品，开始总得这样承受，但是如果自己定下发展方向，就得这样一步一步朝前走下去了。

　　峰点头，称自己知道。

　　表舅妈笑他，是不是特别烦十一放那么长时间的假期啊？

　　峰笑起来，回答是的。

　　表舅妈说，其实说钱是挣不完的，怕你们也听不下去。毕

竟你们还年轻，精力多得很，有了机会，就想赶快把握住。

那天已经有点晚了，都快九点半，大家伙儿还没开始吃晚饭。峰有点着急，一箱三十六只产品，那天要发八十七箱，到九点半的时候，已经做好。结果等快递的时候，大家还在干，停不下来的感觉，像机械手一般。表舅表舅妈也过来和他们一起包装，让他们先吃了外卖的盒饭，这帮同道们却还在热火朝天地做着。

表舅说，搞研发和推广的都去帮忙包装了，所以你一定得有条生产线了，把工人和设计人员分开。现在人手不够，大家伙儿齐头并进，年轻人在一起说说笑笑，又热热闹闹的，但时间长了，你让张小姐，还有师弟，还有小莫他们做这些重复的机械性的劳动，总是不太合适。他们还得开发客户，推广产品，这种创新的活儿，对他们来说，才是意义所在。

峰说，我知道。

表舅妈说，刚我听你对小莫说，都是分批分批给人家发的，有个客户，你说因为他价格低了，所以把他排在后面，今天如果货赶不及，他的那批就先不发？

峰说，是的，他压价很低的，我们没赚多少钱。

表舅妈说，生意的事情我其实不大懂，但既然你和别人确定了价格，不能因为当时给他的价低，就把他的货压在最后吧？那他怎么去和他的客户交代呢？交易就是交易，既然谈定了，你的交货期也要执行的，对吧？不然，算是缺乏信用。虽然这是开始做生意，但还是要把握住自己心里的那些关。

峰想了想，您说得对。

表舅说，我们老在你这里指手画脚的，其实不大好。年轻人，现在的想法都新潮了。不过，还是有一点要注意，虽然商人是逐利的，但有一种良知，还是得坚守的。在你以后，你已经决定做商人的现在开始，都要坚守自己做人的本分。

峰低下头，说，我明白。

表舅妈又跑去看地下室那帮小朋友的劳动，这回终于叫喊过来了，一个个出来，开始吃放在桌上的盒饭。小莫说是淘点点上定的，味道还行，张小姐问他们喝了汤没有，她中午的时候还煲了玉米海带龙骨汤。表舅妈说她喝了，味道特别不错，说他们这么忙，还有闲情煲汤喝，对生活真还是有态度的。

张小姐很高兴，说起自己会煲好多汤品，又在那里眉飞色舞。

表舅妈看到一个腼腼腆腆的小伙子，扒拉着碗里的白饭，问他，咦，我是见过你的，带巴里和尼古拉斯去你们老家采访的，不是你吗？

帅忙点头，说，就是自己。

表舅妈问，怎么没在那边厂子干了呢？

帅笑着不答。

表舅妈也觉得这话问得不大好，就赶紧让他多吃点菜。表舅妈看到张小姐、小莫、小小莫、师弟，这几个她原来熟悉的，一直摇头说他们都瘦了，这可是真太辛苦了。

师弟说，现在每个月都有两三万只的单，没办法不瘦的。

小莫嘴里含着饭，也说，这还都是自己找上门来的，不算我推广的。

张小姐白了一眼，我们还没开始做推广呢，好不好，老大？

小莫笑起来，是是是，老大，我们还没开始推广呢！

大家都笑了。

帅过来的时候，爸是强烈反对的，第一，这边是家超级小公司，也许根本就不算小公司，只是个小作坊，你在那边混什么？第二，薪水其实差不多，每天就是和一帮小孩子们混，只是为了玩玩吧。如果真想学技术，有好多的技术可以学呢。

爸想让拉长把帅弄到维修部或者焊锡部，但帅强烈拒绝了。妈也说，好好地，你往那边跑什么？又远，吃饭也不知能不能有保证。至少在这里，妈还是食堂的，每回多给你抢半勺饭半勺菜，你的油水就比别人厚多了，怎么都不会吃亏的啊。

帅说，我就是觉得他们那边新奇，不是重复性地干一项几年都一模一样的工作。

爸摇着脑袋，完全无法理解，做工不就是这样的？都不是重复地把这工作做好，然后才会熟练起来？你的计件也会比别人高啊！

帅说，也许别人不用脑子就可以这样过，我不行。我做重复性的这些工作，包装啊，装配啊，我好烦了。我不想我才十七岁，就要干四十七岁人一天到晚都干的活儿。

爸还是摇着脑袋，难怪老板说现在招工不好招呢，敢情不是招不到我们这种年岁的。你是怎么说的，不用思想就干活的

对吧? 而是你们这种小孩子, 一心一意地想变幻着未来生活的。我们又不是城里人⋯⋯

帅生气, 你老是说城里人、乡下人。城里人有几个是真正的城里人? 尼古拉斯的爸、我们老板, 还有巴里的爸, 都是从村里出来的。他们就有不一样的想法, 就不想和别人一样, 才闯出了现在的。

妈气得点一下他脑壳, 人家是考学出来的, 好不好? 你呢? 逃学啊!

帅傻唎唎地一笑, 我走错了一步, 不能以后也再错吧?

爸妈还是通融的, 他辞了工, 收拾了行囊, 也过峰这边来。

这边就是不一样, 什么都是最新潮的, 你都在市面上还没看到过呢, 他们已经采购到了, 发给全国各地的买家。

峰见他还会用点电脑, 就让他接过几笔单: 亲, 好的, 把地址核对下, 我们马上给你发货⋯⋯他倒是会写这些玩意儿, 也觉得特别有意思。

峰还说, 每年都会出一款新产品。帅看到他们到处找产品的模样, 在世界各地的网站上, 从一个产品, 演绎成另一款产品, 那些从他们口中出来的艺术的词汇, 脆生生地蹦出来, 那么富有诗意和朝气。

峰说, 这是我们自主设计和生产的产品! 帅坐在质检机那里, 拿着一个个粉的, 黄的, 绿的, 橙的, 那么漂亮的插座, 放在案头, 像款美丽的装饰品, 里面可以同时插 USB 的手机口, 还可以用在交流电上。唉, 他们怎么想出来这么好看的东西!

包装也是各色配各色的，包好了，码得整整齐齐的，都不舍得发走了。

帅当然喜欢这样的生活。尼古拉斯和巴里上回一起随他去老家的时候就说过，我们是二十一世纪的人，世界应该掌握在我们手中的，我们让他们怎么变化，就应该怎么变化！

多狂啊！

可是，这种年纪，为什么不应该狂一点呢？

爸说，到时候你没什么文化，还不是让你做那种一样的重复性的活儿，你还不是会生厌的？

帅没回嘴，心里想，如果自己腻味了，也还是可以再改变的。但是，和他们在一起，和这些九零后的自己的同代人在一起，而且那么上进，这以后的每一天，应该不会白过的。

那天晚上有很好的月亮，第二天就是中秋节，他们会休息一天，说是一起放松下，去海边玩玩。然后，再上三天，就是国庆了，他们不放假，他们一直要赶货，买家都在线上催了一遍又一遍呢！他们从没有觉得自己像现在这样被需要着，即便被买家骂骂咧咧的，也觉得心情舒朗！

爬上天台，帅看了会儿月亮。明天和公司的同事一起去海边回来后，他得回爸妈那里过个团圆节，也会一起去顶楼那里赏赏月亮。据说明天晚上的月亮，是九年来最大的一次，但那是和家人在一起的月光下了。

帅看着今天晚上的月亮，峰在一楼吸了根烟，在黑暗中沉思着什么，也许什么也没想，只是想释放下脑袋里的疲倦。帅

不知道那个叫巴里的小伙子，会不会也在看着今天晚上的月亮？在那个遥远的叫作加拿大的国家。

有片淡淡的云彩过来了，在墨蓝的天空里，竟有一丝衬托出的淡淡的蓝，它飘飘摇摇的，向着明天飞过去了……

2015 年 9 月 28 日第一稿深圳

2017 年 2 月 13 日第二稿深圳

2018 年 2 月 09 日第三稿深圳

图书在版编目（ＣＩＰ）数据

云彩下的天空 / 弋铧著. -- 北京 ： 中国文史出版
社，2018.8

（实力榜·中国当代作家长篇小说文库）
ISBN 978-7-5205-0428-7

Ⅰ．①云⋯ Ⅱ．①弋⋯ Ⅲ．①长篇小说－中国－当代
Ⅳ．①I247.5

中国版本图书馆 CIP 数据核字(2018)第 166562 号

责任编辑：全秋生
封面设计：杨飞羊

出版发行：中国文史出版社
地　　址：北京市西城区太平桥大街 23 号　　邮编：100811
电　　话：010－66173572　　66168268　　66192736　（发行部）
传　　真：010－66192703
印　　装：北京温林源印刷有限公司
经　　销：全国新华书店
开　　本：787×1092　　　1/16
印　　张：15.25　　字数：240 千字
版　　次：2018 年 9 月北京第 1 版
印　　次：2018 年 9 月第 1 次印刷
定　　价：49.80 元